A Paixão

JEANETTE
WINTERSON

A Paixão

Tradução de
LUCIANA VILLAS-BOAS

EDITORA RECORD
RIO DE JANEIRO • SÃO PAULO

2008

CIP-Brasil. Catalogação-na-fonte
Sindicato Nacional dos Editores de Livros, RJ.

Winterson, Jeanette, 1959-
W746p A paixão / Jeanette Winterson; tradução de Luciana Villas-Boas. – Rio de Janeiro: Record, 2008.

Tradução de: The passion
ISBN 978-85-01-07815-5

1. Guerras napoleônicas, 1800-1815 – Ficção. 2. Soldados – Ficção. 3. Veneza (Itália) – Ficção. 4. Rússia – Ficção. 5. Romance inglês. I. Villas-Boas, Luciana. II. Título.

CDD – 823
07-3818 CDU – 821.111-3

Título original inglês:
THE PASSION

Impresso no Brasil

ISBN 978-85-01-07815-5

PEDIDOS PELO REEMBOLSO POSTAL
Caixa Postal 23.052
Rio de Janeiro, RJ – 20922-970

Para Pat Kavanagh

Devo meu agradecimento a Don e Ruth Rendell
cuja hospitalidade propiciou-me o espaço para trabalhar.
A todos na Bloomsbury, especialmente a Liz Calder.
A Philippa Brewster, por sua paciência.

Tu mesma com o coração ansioso navegaste para bem longe
da casa paterna, além do extremo dos rochedos gêmeos.
Moras agora numa terra estrangeira.

MEDÉIA

Nota da Tradutora

A paixão é um romance inglês que se passa na França e na Itália. Na Rússia também, mas o que pretendo esclarecer diz respeito somente às passagens na costa e no campo franceses, na corte e exército napoleônicos e em Veneza. Sempre que Jeanette Winterson traduziu para o inglês uma palavra francesa ou italiana, obviamente optei pela tradução para o português. Sempre que ela manteve o termo original, fiz o mesmo. Por isso, por exemplo, "praça" e "piazza" na referência a San Marco se alternam ao longo da história.

Jeanette Winterson cria vozes e estilo sonoros e originais por meio de vários recursos, não se limitando a imagens e metáforas ricas e surpreendentes, inusitadas até. Sua pontuação do texto é bastante peculiar e desrespeitosa das normas gramaticais inglesas. Procurei manter o mesmo "desrespeito" na tradução para o português. Por exemplo, ela não usa a vírgula antes da conjunção adversativa "mas" (*but*). Como a norma portuguesa é igual à inglesa, o texto traduzido também evita a vírgula nesses casos.

Revelo essas decisões de tradutor para que não paire dúvida quanto a minha atenção ao texto. A linguagem de Winterson busca a perplexidade do leitor. Meu objetivo com esta nota é que perplexidade se dê na medida exata buscada pela autora, sem que seja acentuada por questionamentos da tradução.

Luciana Villas-Boas

Sumário

A Paixão

Um

O Imperador

Era Napoleão que tinha uma paixão tão grande por frango que obrigava seus cozinheiros a trabalhar 24 horas por dia. Que cozinha aquela, com aves em todos os estágios de nudez: algumas ainda frias e penduradas nos ganchos, outras girando lentamente nos espetos, mas a maioria em pilhas desperdiçadas porque o Imperador estava ocupado.

Estranho ser tão governado por um apetite.

Foi minha primeira missão. Comecei como torcedor de pescoço e não demorou muito para que fosse eu a levar a bandeja através de centímetros de lama até sua barraca. Ele não desgostava de mim. Ele gostava de mim porque sou baixinho. Estou me auto-elogiando. Ele não gostava de ninguém exceto Josefina e gostava dela da maneira como gostava de frango.

Ninguém com mais de um metro e meio jamais serviu ao Imperador. Ele tinha criados pequenos e cavalos grandes. O cavalo que ele amava tinha 17 palmos de altura com um rabo que podia envolver um homem três vezes e ainda sobrar para a peruca de sua mulher. Aquele cavalo tinha má índole e houve quase tantos cavalariços mortos no estábulo quanto frangos na mesa. Os que o próprio animal não matou com um coice fácil, seu senhor lhes dera fim porque a pelagem não brilhava ou o bridão estava verde.

"Um novo governo deve pasmar e deslumbrar", dizia. Pão e circos acho que disse. Nada surpreendente então que, quando afinal encontramos um cavalariço, ele viesse de um circo e batesse na barriga do cavalo. Quando escovava o animal, usava uma escada com uma base firme e um topo triangular, mas, quando o montava para exercitá-lo, dava um grande salto e aterrissava certinho no seu lombo brilhante enquanto o cavalo empinava e resfolegava, mas não conseguia derrubá-lo, nem mesmo com o focinho no chão e as patas de trás na direção de Deus. Então eles desapareciam numa cortina de poeira e viajavam por muitas milhas, o anão agarrado à crina e incitando o cavalo em sua linguagem gozada que nenhum de nós conseguia entender.

Mas ele entendia tudo.

Fazia o Imperador rir e o cavalo não o superava, de maneira que ficou. E eu fiquei. E ficamos amigos.

Estávamos uma vez na barraca da cozinha quando o sino começou a tocar como se o próprio Diabo estivesse do outro lado. Pulamos todos e um partiu para os espetos enquanto outro cuspia na travessa de prata e eu tinha que calçar minhas botas de novo para aquela corrida pelas trilhas geladas. O anão troçou e disse que preferiria enfrentar a sorte com o cavalo a desafiá-la com o senhor, mas nós não rimos.

Aqui vai ele envolto na salsa que o cozinheiro guarda no capacete de um homem morto. Lá fora os flocos caem tão densos que me sinto como um bonequinho na tempestade de neve de uma criança. Tenho que apertar os olhos para seguir a mancha amarela que ilumina a barraca de Napoleão. Ninguém mais pode ter luz a essa hora da noite.

O combustível está escasso. Nem todos nesse exército têm barracas.

Quando entro, ele está sentado sozinho com um globo a sua frente. Não nota minha presença, continua fazendo o globo girar, segurando-o ternamente com ambas as mãos como se fosse um seio. Pigarreio de leve e ele levanta os olhos de repente com medo em seu rosto.

— Ponha aí e vá embora.

— Não quer que eu o destrinche, Senhor?

— Eu cuido disso. Boa noite.

Sei o que ele quer dizer. Nos últimos tempos, raramente me pede para destrinchar. Assim que eu sair, vai levantar a tampa, pegar o frango com a mão e enfiá-lo na boca. Ele gostaria que sua cara toda fosse uma boca em que coubesse o frango inteiro.

Pela manhã, só com sorte encontra-se o ossinho da sorte.

Não há calor, apenas graus de frio. Não me lembro da sensação de uma fogueira contra meus joelhos. Até na cozinha, o lugar mais aquecido de qualquer acampamento, o calor é ralo demais para se espalhar e as panelas de cobre ficam cobertas de nuvens. Tiro minhas meias uma vez por semana para cortar as unhas dos pés e os outros me chamam de dândi. Somos todos brancos com narizes vermelhos e unhas azuis.

Os tricolores.

Ele faz isso para manter frescas as suas galinhas.

Ele usa o inverno como despensa.

Mas isso foi muito tempo atrás. Na Rússia.

Hoje em dia as pessoas falam das coisas que ele fez como se tivessem sentido. Como se até seus erros mais desastrosos fossem conseqüência somente de falta de sorte ou excesso de orgulho.

Era o caos.

Palavras como devastação, estupro, massacre, carnificina e fome eram guardadas a sete chaves para encurralar a dor. Palavras da guerra que batem fácil nos olhos.

Estou contando histórias para você. Acredite em mim.

Eu queria ser tocador de tambor.

O oficial de recrutamento me deu uma noz e perguntou se eu conseguiria quebrá-la entre o indicador e o polegar. Não consegui e ele riu e disse que um tocador de tambor deve ter mãos fortes. Estendi minha mão espalmada, a noz ali, e ofereci a ele o mesmo desafio. Ele enrubesceu e chamou um tenente para me levar às barracas da cozinha. O cozinheiro avaliou minha constituição magrela e considerou que eu não serviria para o açougue. Não era para mim a bagunça de uma porção de tipos de carne que deveria ser diariamente picada para o ensopado. Disse que eu tinha sorte, que trabalharia para o próprio Bonaparte, e por um breve, luminoso momento, me imaginei treinando para confeiteiro construindo delicadas torres de creme e açúcar. Andamos até uma pequena barraca com dois guardas impassíveis em cada lateral.

— O paiol particular de Bonaparte — disse o cozinheiro.

O espaço do chão até o teto de tela estava coberto de toscas gaiolas de madeira com cerca de meio metro quadrado e pequenos corredores entre elas, que mal davam para a largura de um homem. Em cada gaiola, havia duas ou três aves, garras e bicos cortados, olhando através das grades com idênticos olhos estúpidos. Não sou covarde e já vi um bocado de mutilação necessária em nossas fazendas mas não estava preparado para aquele silêncio. Nenhum pio. Poderiam estar mortas, pareciam mortas, a não ser pelos olhos. O cozinheiro virou-se para sair.

— Seu trabalho é depená-las e torcer seus pescoços.

Escapei para o desembarcadouro, e porque a pedra estava quente naquele início de abril e porque eu estava viajando havia dias, adormeci sonhando com tambores e um uniforme vermelho. Foi uma bota que me acordou, dura e brilhante com um cheiro familiar de sela de cavalo. Levantei a cabeça e a vi descansando em minha barriga da maneira como descansei a noz na palma da mão. O oficial não olhou para mim, mas disse "você agora é um soldado e terá muitas oportunidades de dormir ao ar livre. De pé".

Tirou o pé e, enquanto eu me ajeitava, me deu um chute e ainda olhando para a frente disse "bunda dura, já é alguma coisa".

Logo soube de sua reputação mas ele nunca me incomodou. Acho que o fedor de galinha o mantinha longe.

Senti falta de casa desde o início. Sentia saudade de minha mãe. Saudade da colina de onde o sol se inclina sobre o vale. Sentia saudade de todas as coisas que eu odiara no dia-a-dia. Na primavera em casa os dentes-de-leão riscavam os campos e o rio corria preguiçoso de novo depois de meses de chuva. Quando o recrutamento do exército chegou houve uma turma corajosa que riu e disse que era hora de a gente ver coisas além do celeiro vermelho e das vacas que ajudamos a pôr no mundo. Nos alistamos imediatamente e aqueles de nós que não sabiam escrever fizeram um borrão otimista no papel.

Nossa aldeia faz uma fogueira todos os anos no final do inverno. Havia semanas que vínhamos levantando-a, alta como uma catedral com um topo irreverente de armadilhas quebradas e estrados infestados. Haveria muito vinho e dança e uma namoradinha no escuro e porque estávamos partindo fomos autorizados a acendê-la. Enquanto o sol caía, mergulhamos nossos cinco tições queimando no coração da pira. Minha boca ficou seca quando ouvi a madeira pegar e se estilhaçar até a primeira chama conseguir abrir caminho e subir. Quis então ser um santo com um anjo para me proteger, de modo que eu pudesse saltar para dentro da fogueira e ver meus pecados se incendiando. Eu me confesso mas não com fervor. Ou se faz isso com o coração, ou é melhor não fazer.

Somos uma gente indiferente apesar de todos os nossos dias de festa e nosso trabalho duro. Pouca coisa nos toca, mas ansiamos por ser tocados. Ficamos deitados à noite pedindo que a escuridão se parta e nos ofereça uma visão. Nossos filhos nos amedrontam com sua intimidade, mas tratamos de assegurar que cresçam como nós. Indiferentes como nós. Numa noite como esta, rostos e mãos quentes, podemos acreditar que o amanhã vai nos revelar anjos em garrafas e que nossos bosques tão conhecidos vão de repente nos abrir um outro caminho.

Da última vez que fizéramos essa fogueira, um vizinho tentou arrancar as tábuas de sua casa. Disse que ela não passava de uma pilha fedorenta de bosta, visgo e carne seca. Disse que ia queimar tudo. A esposa puxava-o pelo braço. Ela era uma mulher grande, que pegava na panela e na enxada, mas não conseguia detê-lo. Ele bateu com o punho na madeira envelhecida até sua mão ficar parecendo a cabeça pelada de um carneiro. Então deitou-se perto do fogo e lá ficou a noite toda até que o vento da manhã o cobrisse com a cinza fria. Ele nunca falou disso. Nunca falamos disso. Ele não vem mais à fogueira.

De vez em quando me pergunto por que nenhum de nós tentou detê-lo. Acho que queríamos que ele fizesse isso, fizesse isso por nós. Pôr abaixo nossas vidas de longas horas para que pudéssemos começar de novo. Simples e limpos com as mãos abertas. Não seria assim, não mais do que poderia ter sido quando Bonaparte pôs fogo à metade da Europa.

Mas que outra oportunidade nós tínhamos?

A manhã chegou e nos pusemos em marcha com nossos embrulhos de pão e queijo maduro. Houve as lágrimas das mulheres e os homens nos davam tapas nas costas e diziam que a vida de soldado era boa para os rapazes. Uma menininha que sempre andava atrás de mim me puxou pela mão, as sobrancelhas cerradas com preocupação:

— Você vai matar gente, Henri?

Ajoelhei ao lado dela.

— Gente, não, Louise, somente o inimigo.

— O que é inimigo?

— Alguém que não está do nosso lado.

Estamos a caminho para encontrar o Exército da Inglaterra em Boulogne. Boulogne, um sonolento portinho de nada com meia dúzia de bordéis, tornou-se de repente o trampolim do Império. A somente 32 quilômetros, fáceis de ver em um dia claro, estavam a Inglaterra e sua arrogância. Sabíamos a respeito dos ingleses: como eles comiam criancinhas e ignoravam a Virgem Maria. Como se suicidavam com sinistra alegria. Os ingleses têm o mais alto índice de suicídio na Europa. Ouvi isso da boca de um padre. Os ingleses com seu gado John Bull e sua cerveja espumante. Os ingleses que agorinha mesmo estão em Kent com a água pela cintura treinando para afogar o melhor exército do mundo.

Estamos prestes a invadir a Inglaterra.

Toda a França será recrutada se necessário. Bonaparte vai apertar seu país como se fosse uma esponja e torcê-lo até a última gota.

Estamos apaixonados por ele.

Em Boulogne, embora tenham sido esmagadas minhas esperanças de tocar tambor com a cabeça erguida à frente de uma orgulhosa coluna, ainda tenho minha cabeça erguida por saber que verei Bonaparte em carne e osso. Regularmente, ele chega das Tulherias com estrépito perscrutando os mares como o homem comum perscruta a atmosfera para saber se vai chover. Dominó o anão diz que estar perto dele é como ter o uivo da ventania soprando bem no seu ouvido. Ele diz que foi assim que madame de Staël o definiu e ela é tão famosa que só pode estar certa. Ela não mora mais na França. Bonaparte exilou-a porque ela reclamou que ele estava censurando as peças de teatro e reprimindo os jornais. Uma vez comprei um livro dela de um caixeiro-viajante que o conseguira com um nobre arruinado. Não entendi muita coisa mas aprendi a palavra "intelectual" que gostaria de aplicar a mim mesmo.

Dominó ri de mim.

À noite sonho com dentes-de-leão.

O cozinheiro arrancou uma galinha do gancho sobre sua cabeça e pegou um bocado de recheio de um recipiente de cobre.

Estava sorrindo.

— Vamos para a cidade hoje à noite, rapazes, será memorável. Juro por Deus — e socou o recheio na ave com as costas da mão para obter uma camada lisa.

— Vocês todos já estiveram com uma mulher, imagino?

A maioria corou, e alguns de nós demos umas risadinhas.

— Se nunca estiveram, então não há nada mais doce e, se estiveram, bem, vocês entendem por que o próprio Bonaparte não se cansa dessa iguaria dia após dia.

Ele segurou a galinha para nossa inspeção.

Eu esperava ficar com a Bíblia de bolso que minha mãe me deu quando parti. Minha mãe louvava a Deus e a Virgem e dizia que era tudo de que necessitava embora fosse grata pela família dela. Eu a vi ajoelhando-se antes da madrugada, antes da ordenha, antes do mingau, e cantando alto em honra ao Senhor, que ela nunca viu. Somos mais ou menos religiosos em nossa aldeia e honramos o padre que se arrasta por seis quilômetros para nos trazer a hóstia, mas isso não nos corta os corações.

São Paulo disse que é melhor casar do que morrer na fogueira, mas minha mãe me ensinou que a fogueira é melhor do que o casamento. Ela queria ser freira. Tinha esperança de que eu me tornasse um padre e economizou para me dar uma instrução enquanto meus amigos trançavam corda e empurravam a charrua.

Não posso ser padre porque embora meu coração fale tão alto quanto o dela não consigo fingir que ouço uma algazarra em resposta. Gritei para Deus e a Virgem, mas eles não gritaram de volta e não tenho interesse em voz baixa. Não é certo que um deus possa dar paixão pela paixão?

Ela diz que ele pode.

Então deveria.

A família de minha mãe não tinha muito dinheiro mas era respeitável. Ela foi discretamente criada com música e literatura adequada, e nunca se discutia política na mesa, mesmo enquanto os rebeldes estavam arrombando as portas. Sua família era monarquista. Quando tinha 12 anos, ela disse que queria ser freira, mas eles desaprovavam excessos e garantiram-lhe que o casamento seria mais gratificante. Ela cresceu no segredo, longe dos olhos deles. Por fora era obediente e amorosa, mas por dentro alimentava uma fome que para eles teria sido um desgosto se o próprio desgosto não fosse um excesso. Leu as vidas dos santos e sabia de cor a maior parte da Bíblia. Acreditava que a própria Santa Virgem iria ajudá-la quando chegasse a hora

A hora chegou quando ela estava com 15 anos, numa feira de gado. A maior parte da cidade estava na rua para ver os bois pesadões e os carneiros berrantes. O humor do pai e da mãe era de festa e em um momento irrefletido ele apontou para um homem forte e bem vestido, levando uma criança nos ombros. Disse que ela não conseguiria arrumar coisa melhor para marido. O homem jantaria com eles mais tarde e queria muito que Georgette (minha mãe) cantasse depois da ceia. Quando a multidão engrossou minha mãe escapou, levando com ela nada além da roupa que vestia e a Bíblia que sempre carregava. Escondeu-se em um carro de feno e deixou a cidade naquela noite queimada de sol até chegar à aldeia onde nasci. Sem muito medo, porque acreditava no poder da Virgem, minha mãe se apresentou a Claude (meu pai) e pediu para ser levada ao convento mais próximo. Ele era um homem de raciocínio lento mas gentil, dez anos mais velho do que ela, e ofereceu-lhe uma cama para passar a noite, pensando em levá-la para casa no dia seguinte e talvez receber uma recompensa.

Ela nunca foi para casa e também não achou o convento. Os dias se transformaram em semanas e ela receava o pai, sobre quem ouviu dizer que estava esquadrinhando a região e deixando gorjetas em todas as casas religiosas que encontrava.

Três meses se passaram e ela descobriu que tinha jeito com as plantas e sabia sossegar os animais assustados. Claude raramente lhe falava e nunca a incomodava, mas algumas vezes ela o pegava olhando-a, parado quieto com a mão encobrindo os olhos.

Uma noite, bem tarde, enquanto dormia, ela ouviu baterem e levantando o lampião viu Claude na porta do quarto. Ele havia feito a barba, vestia sua camisola e cheirava a sabonete de alcatrão.

— Você se casaria comigo, Georgette?

Ela meneou a cabeça e ele foi embora, retornando volta e meia à medida que o tempo passava, sempre parado na porta, barbeado e cheirando a sabão.

Ela disse sim. Não podia voltar para casa. Não podia ir para um convento enquanto seu pai chantageasse cada Madre Superiora que tivesse um altar novo na cabeça, mas também não podia continuar vivendo com esse homem calado e seus vizinhos faladores se ele não se casasse com ela. Ele deitou-se na cama a seu lado e alisou seu rosto e pegando sua mão colocou-a no rosto dele. Ela não teve medo. Acreditava no poder da Virgem.

Depois disso, sempre que a queria, ele batia na porta da mesma maneira e esperava que ela dissesse sim.

E então eu nasci.

Ela me contou sobre meus avós e a casa deles e o piano; e uma sombra passava por seus olhos quando pensava que eu nunca os veria, mas eu apreciava meu anonimato. Todos os outros na aldeia tinham fileiras de parentes com quem brigar e a respeito de quem saber histórias. Eu inventava histórias a respeito dos meus. Eles eram o que eu quisesse, dependendo do meu humor.

Graças aos esforços de minha mãe e à instrução antiquada de nosso padre aprendi a ler em minha própria língua, em latim e em inglês e aprendi aritmética, rudimentos de primeiros socorros e, porque o padre também suplementava seu esquálido salário com carteados e apostas, aprendi todos os jogos de carta e alguns truques. Nunca contei a minha mãe que o padre tinha uma Bíblia oca com um baralho dentro. Algumas vezes ele a levava para a missa por engano e aí a leitura era sempre do primeiro capítulo do Gênesis. O pessoal da aldeia pensava que ele adorava a história da criação. Era um homem bom mas sem entusiasmo. Eu preferiria um jesuíta ardoroso, talvez então tivesse encontrado o êxtase de que necessito para crer.

Perguntei-lhe por que era padre, e ele respondeu que, quando se tem que trabalhar para alguém, é melhor um patrão ausente.

Pescávamos juntos e ele apontava as meninas que queria e me pedia para ir lá por ele. Nunca fui. Como meu pai, cheguei tarde às mulheres.

Quando parti, minha mãe não chorou. Foi Claude que chorou. Ela me deu sua pequena Bíblia, aquela que guardou por tantos anos, e lhe prometi que leria.

O cozinheiro viu minha hesitação e me cutucou com um espeto.

— Novo na coisa, garoto? Não tenha medo. Essas moças que eu conheço são limpas como uma chaminé e largas como os campos da França.

Eu me aprontei me lavando todo com sabonete de alcatrão.

Bonaparte, o corso. Nascido em 1769, um leonino.

Baixo, pálido, temperamental, com um olho no futuro e uma particular capacidade de concentração. Em 1789 a revolução abriu um mundo fechado e por um tempo o menino mais humilde da rua tinha mais a seu lado do que qualquer aristocrata. Para um jovem tenente treinado na artilharia, a sorte foi gentil e em poucos anos o general Bonaparte estava transformando a Itália em campos da França.

— O que é a sorte — perguntava —, senão a capacidade de explorar acidentes do acaso?

Ele acreditava ser o centro do mundo e por um longo tempo não houve o que o demovesse dessa crença. Nem mesmo John Bull. Ele estava apaixonado por si mesmo e a França o acompanhou. Foi um romance. Talvez todo romance seja assim: não um contrato entre partes iguais mas uma explosão de sonhos e desenhos que não encontram outro escoadouro na vida cotidiana. Somente o drama dá conta e enquanto duram os fogos de artifício o céu tem uma cor diferente. Ele se tornou Imperador. Chamou o Papa na Cidade Sagrada para coroá-lo e no último minuto pegou a coroa em suas próprias mãos e a colocou em sua cabeça. Divorciou-se da única pessoa que o compreendia, a única pessoa que realmente amou, porque ela não podia lhe dar um filho. Essa era a única parte do romance que ele não conseguia levar sozinho.

Ele é alternadamente repulsivo e fascinante.

O que você faria se fosse um Imperador? Soldados tornar-se-iam números? Batalhas tornar-se-iam diagramas? Intelectuais tornar-se-iam uma ameaça? Você terminaria seus dias numa ilha de comida salgada e companhia sem sal?

Ele era o homem mais poderoso do mundo e não conseguia derrotar Josefina no bilhar.

Estou lhe contando histórias. Acredite em mim.

O bordel era administrado por uma giganta da Suécia. Seu cabelo era amarelo como dentes-de-leão e como um tapete vivo cobria seus joelhos. Seus braços ficavam despidos, o vestido que usava tinha as mangas levantadas e seguras por uma liga. Em volta do pescoço em um cordão de couro uma boneca de madeira de cara plana. Ela me viu olhando para o adereço e puxando minha cabeça para perto me forçou a cheirá-lo. Tinha cheiro de almíscar e flores estranhas.

— Da Martinica, como a Josefina de Bonaparte.

Eu sorri e disse "viva a nossa dama das vitórias", mas a giganta deu uma gargalhada e afirmou que Josefina jamais seria coroada em Westminster como Bonaparte prometera. O cozinheiro disse-lhe duramente que dobrasse a língua, mas ela não tinha medo dele e nos levou para um quarto de pedra fria, mobiliado com camas toscas e uma mesa repleta de jarras de vinho tinto. Eu tinha esperado veludo vermelho do modo como o padre descrevera aqueles lugares de prazer provisório, mas ali não havia nada de macio, nada para disfarçar nosso interesse. Quando as mulheres entraram elas eram mais velhas do que eu imaginara, nem um pouco parecidas com as figuras do livro de coisas pecadoras do padre. Nenhum jeito de serpentes, nenhum ar de Evas com seios de maçãs, mas redondas e resignadas, os cabelos arrumados em coques apressados ou jogados como cortinas sobre os ombros. Meus companheiros zurravam e assobiavam e jogavam o vinho goelas abaixo direto das jarras. Eu queria um copo d'água mas não sabia como pedir.

O cozinheiro se mexeu primeiro, batendo no traseiro de uma mulher e fazendo piada sobre seu espartilho. Ainda estava calçado com as botas manchadas de gordura. Os outros encontraram seus pares deixando-me sozinho com uma mulher de dentes pretos que tinha dez anéis em um dedo.

— Acabo de me alistar — disse a ela, esperando que entendesse que eu não sabia o que fazer.

Ela beliscou minha bochecha.

— É o que dizem todos vocês, acham que a primeira vez deve ser mais barata. Trabalho duro, isso sim, como ensinar bilhar sem taco.

Ela olhou para o cozinheiro, jogado sobre um catre, tentando tirar o pau para fora. Uma mulher estava ajoelhada na frente dele, os braços cruzados. De repente ele estapeou-lhe o rosto e o tapa silenciou a conversa por um momento.

— Me ajuda, sua puta, ponha a mão, ou você tem medo de enguia?

Vi seu lábio se apertar e a marca vermelha em seu rosto brilhou apesar da pele grossa. Ela não respondeu, apenas enfiou a mão nas calças dele e o pôs para fora como um cachorro-do-mato preso pelo pescoço.

— Na boca.

Eu estava pensando em mingau.

— Homem gentil seu amigo.

Eu estava com vontade de ir lá e enterrar sua cara no cobertor até ele perder o fôlego. Então ele gozou com um urro e se deixou cair sobre os cotovelos. A mulher dele se levantou e deliberadamente cuspiu em um vaso no chão, depois bochechou com vinho e cuspiu de novo. Era barulhenta e o cozinheiro ouviu e perguntou-lhe qual era a sua intenção ao jogar o esperma dele nos esgotos da França.

— O que mais eu poderia fazer?

Ele foi para ela com o punho levantado mas não o baixou. A mulher que estava comigo se adiantou e bateu por trás em sua cabeça com a jarra de vinho. Segurou a companheira por um momento e beijou-a delicadamente na testa.

Ela nunca ia fazer isso comigo.

Disse-lhe que estava com dor de cabeça e fui me sentar do lado de fora.

Levamos nosso líder de volta revezando em grupos de quatro para carregá-lo como um caixão sobre nossos ombros, ele com a cara para baixo em caso de vomitar. De manhã, arrastou-se até os oficiais para contar vantagem de como tinha feito a puta engolir tudo e como as bochechas dela se encheram iguais às de um rato quando o pôs na boca.

— O que é isso na cabeça?

— Caí ao voltar para cá — respondeu, olhando para mim.

Ele ia às putas na maioria das noites mas eu nunca mais o acompanhei. Além de Dominó e Patrick, o padre desbatinado com olho de águia, eu não falava com mais ninguém. Passava meu tempo aprendendo a rechear um frango e a retardar o processo de cozimento. Estava à espera de Bonaparte.

Finalmente, numa quente manhã com o mar deixando trilhas de sal entre as pedras do cais, ele chegou. Chegou com seus generais Murat e Bernadotte. Chegou com seu novo Almirante da Armada. Chegou com sua esposa, cuja graça fez com que os maiores grosseirões do acampamento engraxassem as botas duas vezes. Mas eu não vi mais ninguém a não ser ele. Por anos, meu mentor, o padre que apoiara a Revolução, me disse que talvez Bonaparte fosse o Filho de Deus retornado. Estudei suas batalhas e campanhas em vez de história e geografia. Deitei-me com o padre sobre um velho mapa-múndi dobrado de maneira impossível olhando os lugares aonde ele tinha ido e observando as fronteiras da França sendo lentamente empurradas para fora. O padre carregava uma imagem de Bonaparte junto com a imagem da Santa Virgem e cresci com as duas, sem o conhecimento da minha mãe, que permaneceu monarquista e ainda rezava pela alma de Maria Antonieta.

Eu tinha somente cinco anos quando a Revolução fez de Paris uma cidade de homens livres e a França o flagelo da Europa. Nossa aldeia não ficava muito longe ao longo do Sena, mas se vivêssemos na Lua seria a mesma coisa. Ninguém sabia o que estava acontecendo a não ser que o Rei e a Rainha estavam presos. Confiávamos nos boatos, mas o padre insinuava-se para lá e para cá confiando que sua roupa o salvaria do canhão e da faca. A aldeia estava dividida. A maioria achava que o Rei e a Rainha tinham razão embora o Rei e a Rainha não dessem a mínima para nós, a não ser como pagadores de impostos e como parte da paisagem. Mas estas palavras são minhas, ensinadas a mim por um homem inteligente e nada respeitador das pessoas. Na maior parte, meus amigos da aldeia não conseguiam falar de suas dificuldades, mas eu as via em seus ombros quando juntavam o gado, via em seus rostos quando ouviam o padre na igreja. Estaríamos sempre abandonados, fosse quem fosse no poder.

O padre disse que estávamos vivendo os últimos dias, que a Revolução traria um novo Messias e o milênio sobre a Terra. Ele nunca foi tão longe na igreja. Dizia isso para mim. Não para os outros. Não para Claude com suas caçambas, não para Jacques no escurinho com a namorada, não para minha mãe com suas orações. Pegou-me no colo, segurando-me contra o pano preto que fedia a idade e a feno, e me disse que não acreditasse nos boatos da aldeia de que todo mundo em Paris estava morto ou morrendo de fome.

— Cristo disse que veio não para trazer a paz, mas a espada, Henri, lembre-se disso.

À medida que eu crescia e os tempos turbulentos ajeitavam-se em um tipo de calma, Bonaparte começou a fazer seu nome. Nós o chamávamos de Imperador muito antes de ele se dar esse título. E no nosso caminho da igreja improvisada para casa, na penumbra do inverno, o padre olhava na direção da trilha que levava para longe e apertava demais o meu braço.

— Ele vai chamá-lo — sussurrava — como Deus chamou Samuel e você irá.

Não estávamos treinando no dia em que ele chegou. Flagrou-nos, provavelmente de propósito, e quando o primeiro mensageiro exausto entrou a galope no acampamento para nos advertir de que Bonaparte estava viajando sem paradas e chegaria antes do meio-dia, estávamos deitados em mangas de camisa tomando café e jogando dados. Os oficiais ficaram histéricos de medo e começaram a organizar seus homens como se os próprios ingleses estivessem desembarcando. Não havia nada preparado, a barraca projetada especialmente para ele estava guardando dois canhões e o cozinheiro estava torto de tão bêbado.

— Você. — Fui apanhado por um Capitão que não reconheci: — Faça alguma coisa com as aves. Não se preocupe com o uniforme. Você estará ocupado enquanto estivermos desfilando.

Então era assim, nenhuma glória para mim, somente uma pilha de frangos mortos.

Na minha raiva, enchi de água fria a maior chaleira que encontrei e joguei-a inteira sobre o cozinheiro. Ele não se mexeu.

Uma hora mais tarde, quando as aves estavam girando nos espetos de assar, o Capitão veio me dizer muito agitado que Bonaparte queria inspecionar as cozinhas. Era um traço típico dele se interessar pessoalmente por cada detalhe de seu exército, mas isso era inconveniente.

— Livre-se desse homem — ordenou o Capitão ao sair.

O cozinheiro pesava 100 quilos, eu mal chegava a 60. Tentei levantar a parte superior de seu corpo e puxá-lo, mas mal o arrastei por alguns centímetros.

Se eu fosse um profeta e esse cozinheiro o agente pagão de um falso deus eu poderia rezar ao Senhor e uma hoste de anjos o moveria. Do jeito que era, Dominó veio em meu auxílio com uma conversa sobre o Egito.

Eu sabia do Egito porque Bonaparte estivera lá. Sua campanha egípcia, malfadada mas valente, na qual ele permanecera imune à praga e à febre e cavalgara quilômetros na poeira sem um pingo d'água.

— Como poderia ele — disse o padre — se não estivesse protegido por Deus?

O plano de Dominó era erguer o cozinheiro da maneira como os egípcios ergueram seus obeliscos, com um fulcro, em nosso caso um remo. Nós o alavancamos com o remo sob as costas, e cavamos um buraco a seus pés.

— Agora — disse Dominó. — Todo nosso peso no fim do remo e ele vai se levantar.

Era Lázaro sendo erguido dos mortos.

Conseguimos que ele ficasse em pé e fiz com o remo um calço embaixo de seu cinto para evitar que ele caísse.

— O que fazemos agora, Dominó?

Enquanto guardávamos cada lado desse monte de carne, a cortina da tenda se abriu e entrou o Capitão, muito distinto. A cor de seu rosto desapareceu como se alguém tivesse puxado um fio de sua garganta. Ele abriu a boca e seu bigode se mexeu mas isso foi tudo.

Passando por ele entrou Bonaparte.

Deu a volta duas vezes em torno da peça e perguntou quem era.

— O cozinheiro, Senhor. Um pouco bêbado, Senhor. Estes homens o estavam removendo.

Eu estava desesperado para chegar até o espeto onde um dos frangos já estava queimando, mas Dominó deu um passo a minha frente e, falando numa língua tosca que depois ele me disse ser o dialeto corso de Bonaparte, de alguma maneira explicou o que acontecera e como fizéramos o melhor que podíamos na linha de sua campanha egípcia. Quando Dominó acabou, Bonaparte veio até a mim e puxou minha orelha de maneira que ela ficou inchada por muitos dias.

— Veja, Capitão — ele disse —, é isso o que faz meu exército invencível, o engenho e a determinação até do mais humilde soldado.

O Capitão deu um sorriso amarelo, e Bonaparte voltou-se para mim.

— Você verá grandes coisas e dentro em pouco estará comendo o jantar de um inglês. Capitão, cuide para que este menino me sirva pessoalmente. Não haverá elos frágeis em meu exército, quero que meus serviçais sejam tão confiáveis quanto meus Generais. Dominó, levantamos acampamento esta tarde.

Escrevi para meu amigo padre imediatamente. Isso era mais perfeito do que qualquer milagre. Eu fui escolhido. Não previ que o cozinheiro iria se tornar meu inimigo jurado. Até o anoitecer a maioria do acampamento já conhecia a história e a enfeitara, de maneira que nós havíamos enterrado o cozinheiro numa trincheira, surrando-o até que perdesse a consciência ou, ainda mais bizarro, que Dominó jogara uma praga contra ele.

— Se pelo menos eu soubesse como — ele dizia. — Teríamos poupado o trabalho de cavar.

O cozinheiro, que superou a bebedeira com a cabeça latejando e o humor pior do que o normal, não podia pôr o pé para fora sem que algum soldado o provocasse com piadas e caretas. Finalmente ele veio até onde eu estava com minha Bíblia e me agarrou pelo colarinho.

— Você acha que está em segurança porque Bonaparte o quer. Segurança agora, mas temos anos pela frente.

Empurrou-me para cima das sacas de cebola e cuspiu na minha cara. Passou um longo tempo até nos encontrarmos de novo porque o Capitão o transferiu para os armazéns fora de Boulogne.

— Esqueça-o — disse Dominó quando o vimos partir na traseira de uma carreta.

É difícil lembrar que esse dia nunca mais voltará. Que o tempo é agora e o lugar é aqui e que não há segundas oportunidades a cada momento. Durante os dias em que Bonaparte ficou em Boulogne havia um sentimento de urgência e privilégio. Ele acordava antes de nós e dormia muito depois, repassando cada detalhe de nosso treinamento e arregimentando-nos pessoalmente. Estendia sua mão em direção ao Canal e dava-nos a impressão de que a Inglaterra já nos pertencia. A cada um de nós. Era o presente dele. Tornou-se o foco de nossas vidas. A idéia de lutar nos excitava. Ninguém quer ser morto mas a dureza, as longas horas, o frio, os comandos eram coisas que teríamos que suportar de qualquer maneira nas fazendas ou nas cidades. Não éramos homens livres. Ele dava sentido à nossa obtusidade.

As ridículas chatas construídas às centenas tomaram ares de galeões. Quando as pusemos no mar, treinando para a traiçoeira travessia de 37 milhas, já não fazíamos piadas sobre redes de pescar camarões ou como aquelas banheiras serviriam mais para as lavadeiras. Enquanto ele ficava na praia gritando ordens nós púnhamos nossas faces ao vento e lhe entregávamos nossos corações.

As chatas foram projetadas para carregar 60 homens e estimava-se que 20.000 de nós ficariam pelo caminho ou seriam apanhados pelos ingleses antes de desembarcar. Bonaparte considerava isso um bom prognóstico, estava acostumado a perder esse número em batalha. Nenhum de nós se preocupava em ser um dos 20.000. Não nos alistáramos para nos preocupar.

Segundo seu plano, se a marinha francesa conseguisse tomar o Canal por não mais que seis horas, ele conseguiria desembarcar seu exército e a Inglaterra seria sua. Parecia absurdamente fácil. O próprio Nelson não conseguiria levar a melhor sobre nós em seis horas. Ríamos dos ingleses e a maioria de nós tinha planos para nossa visita ao país. Eu queria visitar particularmente a Torre de Londres porque o padre me contara que era cheia de órfãos: bastardos de origem aristocrática cujos pais tinham vergonha de mantê-los em casa. Não somos assim na França, acolhemos nossos filhos.

Dominó me disse que corriam boatos de estarmos cavando um túnel para pularmos como bonecos de mola direto nos campos de Kent.

— Tomou-nos uma hora cavar um buraco de pouco mais de um metro para seu amigo.

Outras histórias falavam de uma aterrissagem de balão, um canhão de balas humanas e um plano para explodir as Casas do Parlamento exatamente como Guy Fawkes quase fizera. A aterrissagem de balão era o que os ingleses estavam levando mais a sério e, para se protegerem, construíram altas torres ao longo de Cinque Ports para nos identificar e atirar contra nós.

Tudo insensatez, mas creio que se Bonaparte nos pedisse para amarrar asas aos ombros e voar até o Palácio de St James teríamos atendido tão confiantes quanto uma criança que solta sua pipa.

Sem ele, durante as noites e dias em que negócios de Estado o levavam de volta a Paris nossas noites e dias diferiam somente na quantidade de luz que emanavam. De minha parte, sem ninguém para amar, o espírito de um ouriço convinha melhor e escondi meu coração nas folhas.

Eu tenho jeito com padres, então não me surpreendeu que, junto com Dominó, meu outro amigo fosse Patrick, o padre desbatinado com olho de águia, importado diretamente da Irlanda.

Em 1799, quando Napoleão ainda estava competindo pelo poder, General Hoche, um herói dos bancos escolares e uma vez amante de madame Bonaparte, desembarcou na Irlanda e quase conseguiu derrotar John Bull para sempre. Durante sua estada ele ouviu uma história sobre um certo padre desgraçado cujo olho direito era exatamente como o seu ou o meu, mas cujo olho esquerdo era capaz de botar para correr o melhor telescópio. Na verdade ele fora expulso da igreja por olhar para as meninas da torre do sino. Que padre não faz isso? Mas no caso de Patrick, graças às miraculosas propriedades de seu olho, nenhum seio estava seguro. Uma menina poderia estar se despindo a duas aldeias de distância, mas se a noite estivesse clara e suas janelas abertas era a mesma coisa que ela tivesse ido até o padre e jogado as roupas aos pés dele.

Hoche, um homem do mundo, era cético em relação a histórias de comadres, mas logo descobriu que as mulheres eram mais espertas do que ele. Embora Patrick no princípio negasse a acusação e os homens rissem e dissessem mulheres e suas fantasias, as mulheres olhavam para o chão e diziam que sabiam quando estavam sendo observadas. O bispo levou-as a sério, não porque acreditasse na conversa sobre o olho de Patrick, mas preferindo as formas macias dos meninos do coro ele achava aquele caso todo excessivamente repulsivo.

Um padre deveria ter coisas melhores a fazer do que olhar para as mulheres.

Hoche, pego numa rede de fofocas, levou Patrick para beber até o homem mal poder ficar em pé, depois meio conduziu-o, meio carregou-o até uma colina que propiciava uma vista clara do vale por alguns quilômetros. Sentaram-se juntos e, enquanto Patrick cochilava, Hoche pegou uma bandeira vermelha e agitou-a por alguns minutos. Depois cutucou Patrick até acordálo e comentou, como faria qualquer um, sobre a esplêndida noite e a linda paisagem. Por cortesia a seu anfitrião, Patrick forçou-se a acompanhar o movimento do braço de Hoche, resmungando algo sobre os irlandeses terem sido abençoados com sua porção de paraíso na Terra. Em seguida, saltando para frente, e numa voz tão sussurrada e santa quanto a do bispo na comunhão, ele perguntou:

— O senhor está vendo aquilo?

— Aquilo o quê, o falcão?

— Que falcão que nada, ela é forte e morena como uma vaca.

Hoche não estava vendo nada, mas sabia o que Patrick era capaz de ver. Ele pagara uma prostituta para se despir em um campo a uns sessenta quilômetros dali e colocou seus homens a intervalos regulares com suas bandeiras vermelhas.

Quando partiu para a França, levou Patrick com ele.

Em Boulogne, Patrick normalmente era encontrado, como Simeão Estilita, no alto de um poste construído especialmente para ele. Dali podia vigiar todo o Canal e dar notícias sobre o paradeiro da armada de bloqueio de Nelson e alertar nossos soldados em treinamento contra qualquer ameaça inglesa. Barcos franceses que se desgarrassem para além do raio do porto eram facilmente atingidos por uma descarga de artilharia quando os ingleses se dispunham a fazer patrulha. Para nos avisar, Patrick ganhou uma corneta alpina do tamanho de um homem. Em noites nubladas este som melancólico retumbava até nos penhascos de Dover, estimulando os boatos de que Bonaparte contratara o próprio Diabo como sentinela.

Como ele se sentia trabalhando para os franceses?

Ele preferia isso a trabalhar para os ingleses.

Sem ter que cuidar de Bonaparte eu passava a maior parte do tempo no poste com Patrick. O topo tinha cerca de seis metros por cinco, de maneira que havia espaço para jogar baralho. Às vezes Dominó vinha para uma luta de boxe. Sua altura abaixo do normal não representava desvantagem para ele e, embora Patrick tivesse punhos que eram balas de canhão, jamais conseguiu desfechar um golpe em Dominó, cuja tática era ficar pulando em torno até cansar o adversário. Avaliando seu momento, Dominó atacava uma única vez e de uma vez por todas, arremessando-se de lado ou de costas ou tomando impulso do pára-raios. Eram lutas de brincadeira, mas eu o vi derrubar um boi simplesmente atirando-se sobre a cabeça do animal.

— Se você fosse do meu tamanho, Henri, aprenderia a cuidar de si mesmo, não ficaria confiando na bondade dos outros.

De vigia no poste, eu deixava Patrick descrever para mim a atividade no convés para além das velas inglesas. Ele conseguia ver os almirantes em suas calças brancas e os marinheiros correndo para cima e para baixo ao longo do cordame, alterando as velas para aproveitar o melhor do vento. Havia muita chibatada. Patrick contou que viu a pele das costas de um homem ser arrancada numa peça só. Eles o mergulharam no mar para evitar septicemia e deixaram-no no convés olhando o sol. Patrick dizia que conseguia ver as larvas no pão.

Não acredite nesta.

Vinte de julho de 1804. Muito cedo para a madrugada e noite não mais.

Há uma inquietude nas árvores, lá fora no mar, no acampamento. Os pássaros e nós estamos dormindo um sono intermitente, querendo estar adormecidos mas tensos com a idéia do despertar. Talvez em meia hora, aquela familiar luz cinza fria. Depois o sol. Depois as gaivotas gritando sobre a água. Acordo a essa hora na maioria dos dias. Desço até o porto para observar os navios amarrados como cães.

Espero para ver o sol açoitar a água.

Os últimos 19 dias foram dias de açude. Secamos nossas roupas nas pedras pelando não penduradas ao vento, mas hoje minhas mangas da camisa chicoteiam meus braços e os navios estão adernando muito.

Temos parada hoje. Bonaparte chega dentro de poucas horas para nos observar ao mar. Ele quer lançar 25 mil homens em 15 minutos.

Ele vai.

Esse clima repentino é inesperado. Se piorar, será impossível arriscar o Canal.

Patrick diz que o Canal é cheio de sereias. Ele diz que são as sereias solitárias de homem que puxam tantos de nós para baixo.

Ao observar as ondas brancas batendo contra os costados dos navios, me pergunto se essa tempestade travessa é obra delas.

Otimisticamente, pode passar.

Meio-dia. A chuva está correndo por nossos narizes por dentro dos nossos casacos por dentro das nossas botas. Para falar com o homem ao meu lado tenho que fazer uma concha com as mãos em volta de minha boca. O vento já soltou montes de barcos, forçando os homens mergulhar até o peito nas águas impossíveis, fazendo uma bagunça dos nossos melhores nós. Os oficiais dizem que não podemos arriscar um treinamento hoje. Bonaparte, com seu casaco por cima da cabeça, diz que podemos. Nós vamos.

Vinte de julho de 1804. Dois mil homens se afogaram hoje.

Sob um vendaval tão forte que Patrick de sentinela teve de ser amarrado a barris de maçãs, descobrimos que nossas balsas não passam de brinquedos de criança. Bonaparte permaneceu de pé no cais e disse a seus oficiais que nenhuma tempestade poderia nos derrotar.

— Ora, se o céu caísse, nós iríamos contê-lo nas pontas de nossas lanças.

Talvez. Mas não há vontade nem armamento que possam conter o mar.

Deitei-me perto de Patrick, estirado e amarrado, mal vendo alguma coisa por causa dos jatos d'água, mas cada intervalo de vento me mostrava outro intervalo onde houvera um barco.

As sereias não ficarão mais sozinhas.

Devíamos ter nos voltado contra ele, devíamos ter gargalhado na sua cara, devíamos ter balançado os cabelos de alga marinha dos homens mortos em sua cara. Mas sua cara está sempre nos implorando que provemos que ele está certo.

À noite quando cessou a tempestade e fomos abandonados em barracas encharcadas com potes de café fervendo, ninguém falou.

Ninguém disse vamos abandoná-lo, vamos odiá-lo. Seguramos nossos potes com ambas as mãos e tomamos nosso café com a ração de conhaque que ele enviara especialmente para cada homem.

Tive que servi-lo naquela noite e seu sorriso empurrou para trás a loucura de braços e pernas empurrados para dentro de meus ouvidos e boca.

Eu estava coberto de homens mortos.

Pela manhã, 2.000 recrutas marcharam para Boulogne.

Às vezes você pensa na sua infância?

Penso na minha quando sinto cheiro de mingau. Às vezes depois de ficar pelas docas vou para a cidade e uso o nariz para rastrear pão fresco e torresmo. Sempre, passando diante de uma casa em particular, que fica como as outras numa espécie de travessa, e é igual a elas, sinto o cheiro vagaroso da aveia. Doce mas com uma ponta de sal. Grosso como um cobertor. Não sei quem vive na casa, quem é responsável, mas imagino o fogo amarelo e a panela preta. Em casa usávamos uma panela de cobre que eu polia, amando polir qualquer coisa que tivesse brilho. Minha mãe fazia mingau, deixando os grãos de aveia no fogo velho durante a noite. Pela manhã quando seus gritos tinham mandado faíscas chaminé acima, ela queimava a aveia pelos lados, de maneira que os lados ficavam como papel pardo cobrindo a panela e por dentro aquela neve branca até a borda.

Pisávamos um chão de laje mas no inverno ela jogava feno e o feno e a aveia faziam com que cheirássemos a manjedoura.

A maioria dos meus amigos comia pão quente de manhã.

Eu era feliz mas feliz é uma palavra adulta. Você não precisa perguntar a uma criança se ela é feliz, você vê. Elas são ou não são. Adultos falam sobre ser feliz, porque em geral não o são. Falar sobre isso é a mesma coisa que tentar apanhar o vento. Muito mais fácil é deixar que ele sopre a sua volta. É aí que eu discordo dos filósofos. Eles falam sobre coisas apaixonantes mas não há paixão dentro deles. Nunca fale de felicidade com um filósofo.

Mas não sou mais uma criança e freqüentemente o Reino dos Céus me escapa também. Agora, palavras e idéias vão sempre deslizar entre mim e o sentimento. Mesmo o sentimento que é o nosso direito humano, que é de ser feliz.

Esta manhã sinto cheiro de aveia e vejo um menininho olhando seu reflexo numa panela de cobre que ele poliu. O pai dele chega e ri e lhe oferece seu espelho de barbear. Mas no espelho de barbear o menino só pode ver um rosto. Na panela pode ver todas as distorções de seu rosto. Ele vê muitos rostos possíveis e assim vê o que pode se tornar.

Os recrutas chegaram, a maioria sem bigodes, todos com maçãs nas bochechas. Produtos frescos do campo como eu. Seus rostos eram abertos e ávidos. Foram mexidos e remexidos, passaram-lhes uniformes e tarefas de chamar para o leite e tomar conta dos porcos. Os oficiais apertam suas mãos: uma coisa de adultos.

Ninguém menciona a parada de ontem. Estamos secos, as barracas estão secando, as balsas encharcadas viradas para baixo no cais. O mar é inocente e Patrick em seu poste está se barbeando sossegado. Os recrutas estão sendo divididos em regimentos: amigos são separados por princípio. Esse é um novo começo. Esses meninos são homens.

Lembranças que tenham trazido de casa logo serão perdidas ou comidas.

Estranho, a diferença que uns poucos meses fazem. Quando cheguei aqui eu era exatamente como eles, em muitas maneiras ainda sou, mas meus companheiros não são mais aqueles meninos tímidos com fogo de canhão nos olhos. Estão mais grossos, mais duros. Naturalmente, dirá você, é disso que se trata a vida de caserna.

Trata-se de outra coisa também, algo difícil de falar.

Quando chegamos aqui, chegamos de nossas mães e nossas namoradinhas. Ainda estávamos acostumados com nossas mães com seus braços de trabalho duro que podiam estapear os mais fortes de nós e nos deixar com os ouvidos zunindo. E cortejávamos nossas namoradas à maneira do interior. Lentamente, com os campos que amadurecem para a colheita. Ferozmente, com as colheitadeiras que sulcam a terra. Aqui, sem mulheres, apenas com nossas imaginações e um punhado de putas, não conseguimos lembrar aquela coisa feminina que pode por meio da paixão transformar um homem em algo sagrado. Palavras bíblicas de novo, mas estou pensando em meu pai que cobria os olhos naquelas noites queimadas de sol e aprendeu a esperar com minha mãe. Estou pensando em minha mãe com seu coração barulhento e em todas as mulheres esperando nos campos pelos homens que se afogaram ontem e todas as mães de filhos que os substituíram.

Aqui, nunca pensamos nelas. Pensamos em seus corpos e de vez em quando conversamos sobre nossas casas mas não pensamos nelas como elas são: as mais sólidas, as mais amadas, as mais íntimas.

Elas continuam. Podemos fazer e desfazer, elas continuam.

Havia um homem em nossa aldeia que gostava de se ver como um inventor. Passava uma porção de tempo às voltas com roldanas e pedaços de corda e restos de madeira construindo aparelhos que poderiam erguer uma vaca ou dispor canos para trazer água do rio até a casa. Era um homem com luz em sua voz e um jeito tranqüilo com os vizinhos. Acostumado ao desapontamento, conseguia sempre mitigar o desapontamento nos outros. E numa aldeia sujeita a chuva e sol há muitos desapontamentos.

O tempo todo enquanto ele inventava e reinventava e nos divertia, sua mulher, que nunca falava a não ser para dizer "o jantar está servido", trabalhava no campo e cuidava da casa e, porque o homem apreciava sua cama, logo estava cuidando de seis filhos também.

Uma vez ele foi à cidade por uns meses a fim de fazer sua fortuna e quando voltou sem fortuna e sem suas economias, ela estava sentada quieta numa casa limpa remendando roupas limpas e os campos estavam plantados para mais um ano.

É claro que eu gostava desse homem e seria um tolo se dissesse que ele não trabalhava, que não precisávamos dele e de seus modos otimistas. Mas quando ela morreu de repente, ao meio-dia, a luz foi embora de sua voz e seus canos encheram-se de lama e ele mal podia fazer sua colheita quanto mais criar seis filhos.

Ela o tornara possível. Nesse sentido ela era seu deus. Como Deus, ela foi negligenciada.

Novos recrutas choram quando chegam aqui e pensam em suas mães e suas namoradas e em ir para casa. Eles se lembram daquela coisa de casa que sustenta seus corações: não sentimento ou demonstrações mas rostos que amam. A maioria desses recrutas não tem ainda 17 anos e pede-se deles que dêem conta em poucas semanas do que aflige os melhores filósofos por toda uma existência: ou seja, reunir a paixão pela vida e descobrir seu sentido em face da morte.

Eles não sabem como mas sabem como esquecer, e a pouco e pouco põem de lado o verão ardente de seus corpos e tudo o que passam a ter são lascívia e rancor.

Foi depois do desastre no mar que comecei a fazer um diário. Comecei para não esquecer. De modo que mais tarde na vida, quando estivesse propenso a sentar à lareira e olhar para trás, eu tivesse algo claro e seguro para contrapor aos truques de minha memória. Contei a Dominó, ele disse:

— A maneira como você vê agora não é mais real do que a maneira como você verá então.

Não pude concordar com ele. Sabia como os velhos misturam e mentem fazendo do passado sempre o melhor porque já passou. O próprio Bonaparte não disse isso?

— Veja você — disse Dominó —, um jovem criado por um padre e uma mãe devota. Um jovem que não consegue pegar um mosquete para atirar num coelho. O que o faz pensar que pode ver alguma coisa com clareza? O que lhe dá o direito de fazer um diário e sacudi-lo diante de mim daqui a 30 anos, se estivermos vivos, e dizer que é o dono da verdade?

— Não me importo com os fatos, Dominó, me importo com o que sinto. O que sinto vai mudar; quero me lembrar disso.

Ele deu de ombros e me deixou. Nunca falava sobre o futuro e só ocasionalmente, quando estava bêbado, falava sobre seu maravilhoso passado. Um passado cheio de mulheres cobertas de lantejoulas e cavalos de rabos duplos e um pai que ganhava a vida sendo disparado de um canhão. Ele vinha de algum lugar na Europa do Leste e sua pele era da cor de uma azeitona envelhecida. Sabíamos somente que viera parar na França por engano, anos atrás, e que salvara a senhora Josefina dos cascos de um cavalo extraviado. Ela era então mera madame Beauharnais, recentemente saída da viscosa prisão de Carmes e recentemente viúva. Seu marido tinha sido executado no Terror: Josefina só escapara porque Robespierre foi assassinado na manhã em que ela deveria segui-lo. Dominó chamava-a uma senhora de bom senso e alegava que em seus dias de penúria ela desafiava os oficiais a derrotá-la no bilhar. Se perdesse, eles poderiam ficar para o café-da-manhã. Se ganhasse, eles teriam que pagar uma de suas dívidas mais prementes.

Ela nunca perdeu.

Anos mais tarde, ela recomendou Dominó a seu marido ansioso por um cavalariço que pudesse manter e eles o encontraram comendo fogo em uma feira de interior. Suas lealdades a Bonaparte eram confusas, mas ele amava tanto Josefina como os cavalos.

Ele me contou sobre as cartomantes que conhecera e como multidões iam todas as semanas ver o futuro ser descoberto ou o passado revelado.

— Mas digo-lhe uma coisa, Henri, cada momento que você rouba do presente é um momento perdido para sempre. Só existe o agora.

Eu o ignorei e continuei trabalhando no meu caderninho e em agosto quando o sol fez com que a grama ficasse amarela, Bonaparte anunciou sua Coroação para o mês de dezembro.

Recebi licença imediata. Ele me disse que precisaria de mim depois disso. Disse-me que íamos fazer grandes coisas. Disse-me que gostava de um rosto sorridente ao jantar. Sempre foi assim comigo: ou as pessoas me ignoram ou me tomam como confidente. Primeiro, eu pensei que era só com padres porque os padres são mais intensos do que as pessoas comuns. Não é só com os padres, deve ser alguma coisa em mim.

Quando comecei a trabalhar para Napoleão diretamente achei que ele falava por aforismos, ele nunca dizia uma frase como você ou eu diríamos, elas eram sempre formuladas como grandes pensamentos. Anotei-as todas e só mais tarde percebi como era bizarra a maioria delas. Eram frases de seus discursos memoráveis e devo admitir que eu chorava quando o ouvia falar. Mesmo quando eu o odiava, ele ainda conseguia me fazer chorar. E não era de medo. Ele era grande. Grandeza como a sua não nos faz sensatos.

Levei uma semana para chegar em casa, cavalgando quando podia, andando o resto do caminho. A notícia da Coroação estava se espalhando e eu via nos sorrisos das pessoas com quem viajava o quanto era bem-vinda. Nenhum de nós pensava que apenas 15 anos antes lutáramos para acabar com os Reis para todo o sempre. Que juráramos nunca mais lutar de novo a não ser em autodefesa. Agora queríamos um governante e queríamos que ele governasse o mundo. Não somos um povo diferente dos outros.

Em meu uniforme de soldado, eu era tratado com gentileza, alimentado e cuidado, recebia o melhor da colheita. Em retribuição contava histórias do acampamento em Boulogne e como conseguíamos ver os ingleses tremendo em suas botas na margem oposta. Eu enfeitava e inventava e até mentia. Por que não? Isso os fazia felizes. Não contei sobre os homens que se casaram com sereias. Todos os rapazes da fazenda quiseram se alistar imediatamente, mas eu os aconselhei a esperar até depois da Coroação.

— Quando seu Imperador precisar de você, ele vai chamar. Até lá, trabalhe pela França em casa.

Naturalmente, isso agradava às mulheres.

Eu havia ficado longe por seis meses. Quando a carroça em que eu ia me deixou a pouco mais de um quilômetro de casa me deu vontade de voltar. Tive medo. Medo de que as coisas estivessem diferentes, de não ser bem-vindo. O viajante sempre quer que a casa fique do mesmo jeito. O viajante espera mudar, voltar com a barba cerrada ou com um filho ou com histórias de uma vida miraculosa onde os riachos são repletos de ouro e o clima é gentil. Eu tinha muitas histórias desse tipo, mas queria saber de antemão se minha platéia estava em seus lugares. Contornando a trilha mais óbvia, entrei furtivamente na aldeia como um bandido. Eu já tinha decidido o que eles deveriam estar fazendo. Que minha mãe mal estaria à vista no campo de batatas, que meu pai estaria no curral. Eu iria descer correndo pela colina e depois faríamos uma festa. Eles não sabiam de me aguardar. Nenhuma mensagem poderia alcançá-los em uma semana.

Olhei. Estavam os dois nos campos. Minha mãe com as mãos nos quadris, a cabeça para trás, observando as nuvens se agrupar. Estava esperando chuva. Estava fazendo seus planos de acordo com a chuva. Ao lado dela, meu pai quieto, segurando um saco em cada mão. Quando eu era pequeno, vira meu pai com dois sacos daquele jeito, mas estavam cheios de toupeiras cegas, seus bigodes ainda duros de sujeira. Estavam mortas. Nós as apanhávamos com arapucas porque elas arruinavam as plantações mas eu ainda não sabia disso naquela época, sabia só que meu pai as matara. Foi minha mãe que me tirou rígido de frio da minha vigília noturna. De manhã os sacos tinham sumido. Desde então eu mesmo já as matei, mas só olhando para o outro lado.

Mãe. Pai. Eu amo vocês.

Ficamos acordados até tarde tantas noites bebendo o conhaque forte de Claude sentados perto do fogo até ele ficar da cor de rosas murchas. Minha mãe falava de seu passado com alegria, parecia acreditar que com um soberano no trono muito seria restaurado. Falou até em escrever para os pais dela. Sabia que eles estariam celebrando o retorno de um monarca. Fiquei surpreso, pensava que ela sempre apoiara os Bourbons. Virar Imperador não transformaria esse homem que ela odiara em um homem que ela poderia amar?

— Ele está fazendo a coisa certa, Henri. Um país precisa de um Rei e uma Rainha, senão para quem vamos nos voltar?

— Você pode se voltar para Bonaparte. Rei ou não rei.

Mas ela não podia. Ele sabia que ela não podia. Não era mera vaidade que estava levando esse homem ao trono.

Quando minha mãe falava de seus pais, ela guardava as mesmas esperanças do viajante quando volta para casa. Pensava neles imutáveis, descrevia a mobília como se nada houvesse se modificado ou quebrado em mais de vinte anos. A barba do pai dela era ainda da mesma cor. Eu compreendia suas esperanças. Todos nós tínhamos algo a depositar em Bonaparte.

O tempo é um grande amortecedor. As pessoas esquecem, envelhecem, entediam-se. O pai e a mãe que a fizeram arriscar a vida para fugir deles agora eram falados com afeição. Ela esquecera? O tempo gastara sua raiva?

Ela me olhou.

— Sou menos ambiciosa à medida que envelheço, Henri. Aceito o que tenho e parei de perguntar de onde vem. Me dá prazer pensar neles. Me dá prazer amá-los. Só isso.

Meu rosto ardeu. Que direito eu tinha de desafiá-la? De tirar a luz de seus olhos e fazê-la pensar de si mesma como tola e sentimental. Ajoelhei-me diante dela, minhas costas para o fogo, meu peito descansando em seus joelhos. Ela ficou segurando sua costura.

— Você é como eu era — disse. — Zero de paciência com um coração fraco.

Choveu dias a fio. Chuva fina que encharca em meia hora sem a emoção de uma torrente de verdade. Fui de casa em casa fofocando e vendo os amigos, ajudando no que havia para consertar ou carregar. Meu amigo o padre estava em peregrinação, de maneira que deixei para ele longas cartas do tipo que eu mais gostaria de receber.

Eu gosto à noitinha. Ainda não é noite. Ainda é sociável. Ninguém tem medo de andar sozinho sem lanterna. As meninas cantam no caminho de volta da última ordenha e se pulo em cima delas gritam e correm atrás de mim mas não há corações em disparada. Não sei por que é isso que um tipo de escuro é tão diferente de outro. Escuro de verdade é mais grosso e mais silencioso, enche o espaço entre seu casaco e seu coração. Dói nos olhos. Quando tenho de estar fora até tarde da noite, não é de facas e chutes que tenho medo, embora haja muito disso atrás de muros e sebes. Tenho medo do Escuro. Você, que vai tão alegremente, assobiando pelo caminho, pare por cinco minutos. Fique parado no Escuro em um campo ou numa trilha. É aí que você sabe que está em sofrimento. O Escuro só lhe deixa dar um passo de cada vez. Dê um passo e o Escuro se fecha às suas costas. Em frente, não há espaço para você até você tomá-lo. A Escuridão é absoluta. Andar no Escuro é como nadar embaixo da água sem que se possa subir para respirar.

Deite-se à noite e o Escuro é macio ao toque, feito de veludo e é uma névoa tão doce. No campo confiamos na lua e quando não há lua nenhuma luz penetra pela janela. A janela fica emparedada e encaixada numa superfície perfeitamente negra. Será que a cegueira é assim? Costumava pensar que sim, mas me disseram que não. Um caixeiro-viajante cego que nos visitava regularmente ria das minhas histórias de Escuro e dizia que o Escuro era a mulher dele. Comprávamos baldes com ele e lhe dávamos de comer na cozinha. Ele nunca derramava seu ensopado ou errava a boca como eu fazia.

— Posso ver — dizia — só que não com os olhos.

Morreu no inverno passado, disse minha mãe.

Está noitinha agora e esta é a última noite da minha licença. Não faremos nada de especial. Não queremos pensar que vou embora de novo.

Prometi a minha mãe que ela virá a Paris logo depois da Coroação. Eu mesmo nunca estive lá e é essa idéia que torna mais fácil dizer adeus. Dominó estará lá escovando seu insensato cavalo, ensinando a besta-fera a andar em linha reta com os animais da Corte. Por que Bonaparte insistiu em ter esse cavalo presente numa hora tão importante não é claro. É uma montaria de soldado, não uma criatura para paradas. Mas ele está sempre nos lembrando de que é um soldado também.

Quando Claude finalmente foi para a cama e ficamos sozinhos, não conversamos. Seguramos nossas mãos até a chama apagar e então ficamos no escuro.

Paris nunca tinha visto tanto dinheiro.

Os Bonapartes estavam encomendando tudo desde o creme até David. David, que lisonjeara Napoleão dizendo que sua cabeça era perfeitamente romana, recebeu a encomenda de pintar a Coroação, e era possível encontrá-lo todos os dias na Notre-Dame fazendo modelos e discutindo com os trabalhadores que tentavam eliminar os estragos da revolução e da bancarrota. Josefina, responsável pelas flores, não se contentara com vasos e arranjos. Desenhara um mapa do trajeto da catedral ao palácio e, tanto quanto David, estava concentradamente empenhada em sua própria efêmera obra-prima. Encontrei-a primeiro sobre uma mesa de bilhar, onde jogava com Monsieur Talleyrand, um cavalheiro não dotado para as bolas. Apesar de seu vestido, que aberto poderia facilmente atapetar todo o caminho até a catedral, ela curvava-se e se movia como se não estivesse vestida, fazendo com seu taco lindas linhas paralelas. Bonaparte me vestira de lacaio e ordenara-me levar à Sua Alteza o lanche da tarde. Ela era fã de melão às quatro horas. Monsieur Talleyrand tomaria um porto.

Esse espírito de férias de Napoleão era quase uma demência. Ele aparecera para jantar, duas noites antes, vestido como o Pontífice, e lascivamente perguntou a Josefina que grau de intimidade ela gostaria de ter com Deus. Olhei para o frango.

Agora ele me tirava o uniforme de soldado e me vestia com roupa da Corte. Impossivelmente justa. Fazia-o rir. Ele gostava de rir. Era sua única forma de relaxar além dos banhos cada vez mais quentes que ele tomava a qualquer hora do dia ou da noite. No palácio o pessoal do banheiro vivia no mesmo estado de inquietação que o da cozinha. Ele poderia gritar por água quente a qualquer momento, e ai de quem estivesse de plantão se a banheira não estivesse completamente cheia, completamente. Eu só vira o banheiro uma vez. Uma sala grande e ampla com uma banheira do tamanho de um navio de linha e um forno imenso em um canto, onde a água era aquecida e puxada e despejada e reaquecida incessantemente até o momento em que ele chegasse e quisesse. Os atendentes eram especialmente selecionados entre os melhores nas lutas contra touros. Camaradas que podiam levantar caldeiras de cobre como xícaras de chá trabalhavam sozinhos, de peito nu, vestindo apenas calças de marinheiro que absorviam o suor em listras escuras ao longo de cada perna. Como os marinheiros eles tinham sua ração de licor, mas não sei do que este era feito. O maior de todos, André, ofereceu-me um gole de seu cantil uma vez que enfiei a cara por uma fresta da porta, engasgando com o vapor e com esse homem imenso que parecia um gênio de garrafa. Aceitei por educação, mas cuspi aquela gororoba marrom nos azulejos, enlouquecido com a quentura. Ele pinçou meu braço do jeito como o cozinheiro pinçava os fios de espaguete e me disse que quanto mais quente mais quente tem que ser o líquido que você toma.

— Por que você acha que tomam aquele rum todo na Martinica? — e pestanejou intensamente, imitando o jeito de sua Alteza andar.

Agora ela estava diante de mim e eu envergonhado demais para anunciar o melão.

Talleyrand tossiu.

— Não vou perder a bola porque você grunhiu — disse ela.

Ele tossiu novamente e ela levantou o olhar, e me vendo de pé ali depositou seu taco e adiantou-se para pegar minha bandeja.

— Conheço todos os empregados, mas não você.

— Sou de Boulogne, Majestade. Vim para servir a galinha.

Ela riu e seus olhos percorreram de cima a baixo a minha pessoa.

— Você não está vestido como soldado.

— Não, Majestade. Minhas ordens são para me vestir à moda da Corte agora que estou na Corte.

Ela concordou:

— Acho que você pode se vestir da maneira que quiser. Pedirei a ele por você. Você não preferiria me servir? Melão é tão mais doce do que galinha.

Fiquei horrorizado. Tinha nadado tanto só para perdê-lo?

— Não, Majestade. Não conheço melão. Só conheço galinha. Fui treinado.

(Estou falando como um moleque de rua.)

Sua mão descansou em meu braço por um segundo, e seu olhar era intenso.

— Vejo que você é muito zeloso. Pode ir.

Dando graças a Deus curvei-me andando para trás e corri para a ala dos empregados, onde eu tinha um quartinho só meu: o privilégio de ser um serviçal especial. Eu guardava ali meus poucos livros, uma flauta que tinha esperanças de aprender a tocar e meu diário. Escrevi ou tentei escrever sobre ela. Ela me escapava do modo como as prostitutas em Boulogne haviam me escapado. Em vez dela decidi escrever sobre Napoleão.

Depois disso, fiquei ocupado com banquete após banquete pois todos os nossos territórios conquistados vinham se congratular com o futuro Imperador. Enquanto os convidados se empanturravam com peixes raros e carne de vitela em novos molhos inventados, ele ficava com suas galinhas, comendo uma por noite, em geral se esquecendo dos legumes. Nunca ninguém mencionou isso. Bastava ele tossir e a mesa ficava em silêncio. De vez em quando eu pegava sua Majestade me observando, mas se nossos olhos se encontravam, ela ria aquele meio sorriso dela e eu baixava o meu olhar. Até olhar para ela era traí-lo. Ela pertencia a ele. Eu a invejava por isso.

Nas semanas que se seguiram ele desenvolveu um medo mórbido de ser envenenado ou assassinado, não por ele em si, mas porque o futuro da França estava em jogo. Fazia-me provar sua comida antes de tocá-la e dobrou sua guarda. Os boatos eram de que inspecionava até sua cama antes de dormir. Não que dormisse muito. Era como um cão, podia fechar os olhos e roncar num momento, mas quando sua cabeça estava cheia era capaz de ficar acordado dias a fio enquanto seus Generais e amigos caíam no sono.

Abruptamente, no final de novembro e somente duas semanas antes da Coroação, ele me mandou de volta a Boulogne. Disse que eu precisava de um treinamento de soldado de verdade, que eu viria a servi-lo melhor quando pudesse manejar um mosquete tão bem quanto um trinchante. Talvez tenha visto como corei, talvez conhecesse meus sentimentos, ele os conhecia da maioria das pessoas. Torceu minha orelha daquele seu jeito enlouquecedor e prometeu que haveria um serviço especial para mim no Ano-novo.

De modo que deixei a cidade dos sonhos justamente quando ela estava para florir e ouvi relatos de segunda mão sobre aquela extravagante manhã em que Napoleão tomou a coroa do Papa e a colocou em sua própria cabeça antes de coroar Josefina. Dizem que ele comprou o estoque inteiro da Madame Clicquot para aquele ano. Com seu marido morto e todo o peso do negócio em seus ombros, ela só pode ter dado bênçãos ao retorno de um Rei. Ela não estava sozinha. Paris abriu todas as portas e acendeu todos os candelabros por três dias. Somente os velhos e os doentes se deram ao trabalho de ir para a cama, porque o resto foi bebedeira e loucura e alegria. (Eu excluo os aristocratas, porque eles não são relevantes.)

Em Boulogne, naquele clima terrível, eu treinava dez horas por dia e desmoronava à noite numa barraca úmida com dois cobertores inadequados. Nossas condições e víveres sempre tinham sido bons, mas em minha ausência novos milhares de homens haviam se alistado, acreditando graças aos ofícios do fervoroso clero de Napoleão que a estrada para o Paraíso era primeiro a estrada para Boulogne. Ninguém estava isento do alistamento. Cabia aos oficiais de recrutamento decidir quem deveria ficar e quem deveria ir. Na altura do Natal, o acampamento já inchara para mais de 100.000 homens e outros ainda eram aguardados. Corríamos com mochilas que pesavam em torno de 65 quilos, vadeávamos para dentro e fora do mar, lutávamos um com os outros corpo-a-corpo e usávamos toda a terra arável disponível para nos alimentar. Mesmo assim, não era o suficiente e, apesar da desaprovação de Napoleão quanto a fornecedores externos, obtínhamos a maior parte de nossa carne de regiões desconhecidas, e suspeito que de animais que Adão não reconheceria. Um quilo de pão, um quilo e meio de carne e um quilo e meio de legumes eram nossa ração diária.

Roubávamos o que podíamos, gastávamos nossos salários, quando os tínhamos, em comida de taberna e provocávamos devastações nas comunidades que viviam sossegadas em torno do acampamento. O próprio Napoleão ordenara que *vivandières* fossem enviadas a acampamentos especiais. *Vivandière* é um eufemismo de caserna. Ele enviava putas que não tinham motivo para estarem *vivantes* acerca do que quer que fosse. A comida delas era em geral pior do que a nossa, ficavam conosco tantas horas quanto agüentássemos e o pagamento era pouco. As putas manteúdas da cidade tinham pena delas e freqüentemente eram vistas visitando os acampamentos com cobertores e bisnagas de pão. As *vivandières* eram meninas fugidas de casa, extraviadas, filhas mais jovens de famílias grandes demais, empregadinhas cansadas de se desperdiçarem com patrões bêbados e velhas damas gordas que não tinham mais onde fazer ponto. Ao chegar elas ganhavam cada uma um conjunto de roupas de baixo e um vestido que congelava seus seios naqueles frios dias salgados do mar. Também distribuíam xales, mas qualquer mulher encontrada coberta na hora do trabalho podia ser denunciada e multada. Multada significava não ter nenhum dinheiro no fim da semana em vez de quase nenhum dinheiro. Ao contrário das putas da cidade, que se protegiam e cobravam o que queriam e seguramente cobravam por indivíduo, as *vivantes* deveriam servir a todos que lhes solicitassem fosse noite ou fosse dia. Uma mulher que encontrei arrastando-se para casa depois de uma festa de oficiais disse que perdera a conta em trinta e nove.

Cristo perdeu a consciência em trinta e nove.

A maioria de nós naquele inverno fez grandes feridas onde o sol e o vento queimaram nossa pele. Feridas entre os dedos dos pés e nos lábios superiores eram as mais comuns. Um bigode não fazia diferença, os pêlos pioravam a escoriação.

No Natal, embora as *vivandières* não tivessem folga, nós tínhamos, e sentávamos em volta de fogueiras com lenha extra, brindando ao Imperador com nosso conhaque extra. Patrick e eu nos banqueteamos com um ganso que roubei, cozinhando e comendo com alegria culpada no alto de seu poste. Deveríamos tê-lo dividido com os outros, mas daquele jeito mesmo ainda estávamos com fome. Ele contou-me histórias sobre a Irlanda, as fogueiras de carvão de turfa e os gnomos que vivem embaixo de cada colina.

— Verdade, e minhas botas já foram reduzidas ao tamanho de uma unha do polegar por essa gente pequenininha.

Ele contou que estava caçando em terra alheia numa bela noite de julho, com a lua lá no alto e uma grande esteira de estrelas. Quando saiu da floresta, viu um anel de fogo verde queimando da altura de um homem. No meio do anel estavam três gnomos. Ele sabia que eram gnomos e não elfos por causa das pás e das barbas.

— Então fiquei quieto como um sino de igreja num sábado à noite e me esgueirei até eles como faria se fosse um faisão.

Ele os ouvira discutindo seus tesouros, roubados das fadas e enterrados embaixo da terra dentro do anel de fogo. De repente um dos gnomos levantou o nariz e farejou o ar desconfiado.

— Sinto cheiro de homem — disse. — Um homem sujo com lama nas botas.

Um outro gargalhou.

— Que importa? Ninguém com lama nas botas conseguirá entrar em nossa câmara secreta.

— Não vamos arriscar, vamos embora — disse o primeiro e num piscar de olhos desapareceram junto com o anel de fogo.

Por alguns minutos Patrick ficou deitado quieto entre as folhas remoendo o que acabara de ouvir. Depois, verificando que estava sozinho, descalçou as botas e rastejou até onde houvera o anel de fogo. Na terra não havia sinal de fogo mas suas solas dos pés arderam.

— Então eu vi que estava num lugar mágico.

Ele cavou a noite toda e de manhã não encontrou nada a não ser duas toupeiras e um monte de minhocas. Exausto, voltou para pegar as botas e lá estavam elas.

— Do tamanho de uma unha do polegar.

Procurou nos bolsos e me passou um minúsculo par de botas, perfeitamente costuradas, os saltos gastos e os cadarços puídos.

— E eu juro que elas já deram em mim.

Eu não sabia se acreditava ou não e ele viu minhas sobrancelhas subindo e descendo. Esticou a mão para pegar as botas de volta.

— Fiz todo o caminho de volta para casa descalço e quando fui dizer a Missa naquela manhã subi ao altar mancando. Estava tão cansado que dei o dia de folga para a congregação.

Ele riu seu sorriso travesso e me bateu no ombro:

— Acredite em mim, estou contando histórias para você.

Ele me contou outras histórias também. Histórias sobre a Virgem Santa e como não se podia confiar nela.

— As mulheres, elas são sempre as mais espertas — disse. — Elas sempre pressentem nossas mentiras. A Virgem Santa é mulher também, por mais que seja Sagrada, e não conheço um homem que tenha se dado bem com ela. Você pode rezar dia e noite e ela não ouve. Se você é homem, é melhor ficar com Jesus mesmo.

Eu disse qualquer coisa a respeito de a Virgem Santa ser nossa mediadora.

— É claro que é, mas ela media só para as mulheres. Veja, lá em casa temos uma estátua tão perfeita que você pensa que é a própria Nossa Senhora. As mulheres vão com suas lágrimas e flores e já me escondi atrás de uma coluna e juro por todos os santos que vi a estátua se mexer. Agora, vão os homens, chapéu na mão, pedindo por aquilo e aquilo outro e dizendo suas orações, e a estátua fica como a pedra de que é feita. Já lhes disse a verdade inúmeras vezes. Vão direto a Jesus, eu digo (ele tem uma estátua dele ali perto), mas não levam a sério porque todo homem gosta de achar que tem uma mulher lhe dando atenção.

— Você não reza para ela?

— Claro que não. Nós temos um acordo, vamos pôr assim. Eu cuido dela, pago-lhe todos os respeitos e nos deixamos em paz. Ela seria muito diferente se Deus não a tivesse violado.

Do que ele estava falando?

— Veja, as mulheres gostam de ser tratadas com respeito. Que você pergunte antes de tocar. Agora, eu nunca achei direito e educado da parte de Deus mandar aquele anjo sem quê nem porquê e ele fazer tudo a sua maneira sem que ela tivesse tempo sequer de pentear o cabelo. Acho que ela nunca o perdoou por isso. Ele foi apressado demais. Por isso não a culpo por ser tão soberba agora.

Eu nunca tinha pensado na Senhora dos Céus daquela maneira.

Patrick gostava das moças e não se punha acima da tentação de lançar olhares não solicitados.

— Mas quando chega a hora do vamos ver, eu nunca pego uma mulher sem lhe dar tempo de pentear o cabelo.

Passamos o resto de nossa folga de Natal no alto do poste nos protegendo atrás de um barril de maçãs e jogando baralho.

Mas na véspera do Ano-novo Patrick jogou sua escada e disse que íamos tomar nossa Comunhão.

— Não sou um fiel.

— Então você vem como amigo meu.

Ele me persuadiu prometendo uma garrafa de conhaque para depois da missa e assim partimos pelas ruas geladas até a igreja dos pescadores que Patrick acha melhor do que orações militares.

Estava começando a encher com homens e mulheres da cidade, agasalhados contra o frio mas nas melhores roupas que podiam encontrar. Nós éramos os únicos do acampamento. Provavelmente os únicos ainda sóbrios nesse clima desesperado. A igreja era simples a não ser pelas janelas coloridas e pela estátua da Nossa Senhora coberta por um manto vermelho. Contra minha vontade fiz-lhe uma pequena genuflexão e Patrick, me pegando no ato, riu seu sorriso travesso.

Cantamos com nossas vozes mais fortes e o calor e a proximidade das outras pessoas amoleceram meu coração infiel e também eu vi Deus através do gelo. As janelas sem adorno pareciam trançadas de gelo e o chão de pedra que recebia nossos joelhos tinha a frieza de um túmulo. Os mais velhos mostravam-se distintos com seus rostos sorridentes, e as crianças, algumas delas tão pobres que aqueciam suas mãos em bandagens, tinham cabelos de anjo.

A Nossa Senhora olhou para baixo.

Quando pusemos de lado nossos livros de oração manchados que somente alguns de nós conseguiam ler recebemos a comunhão com os corações limpos, e Patrick, que aparara seu bigode, correu para o fim da fila e recebeu a hóstia duas vezes.

— Dupla bênção — cochichou para mim.

Eu nem pensara em receber a comunhão, mas minha paz em meio àqueles braços fortes e na certeza e na santidade caladas à minha volta forçou-me a me levantar e percorrer a nave onde estranhos me olhavam nos olhos como se eu fosse filho deles. Ajoelhando-me, com o incenso deixando-me zonzo e a lenta repetição do padre acalmando meu coração atormentado, pensei de novo numa vida com Deus, pensei em minha mãe, que também estaria se ajoelhando, lá longe e juntando as mãos pela sua porção do Reino. Em minha aldeia, cada casa estaria vazia e silenciosa mas o celeiro estaria cheio. Cheio de gente honesta sem igreja fazendo uma igreja de si mesma. Sua carne e seu sangue.

O gado paciente dorme.

Tomei a hóstia em minha língua e ela queimou minha língua. O vinho sabia a homens mortos, 2.000 homens mortos. No rosto do padre vi os homens mortos me acusando. Vi barracas atoladas na madrugada. Vi mulheres com seios azuis. Agarrei o cálice, embora pudesse sentir o padre tentando tomá-lo de mim.

Eu agarrei o cálice.

Quando o padre gentilmente puxou meus dedos vi a marca da prata em cada palma. Seria esse o meu estigma? Eu sangraria por cada morte e cada morte em vida? Se um soldado sangrasse por isso, não sobraria soldado algum. Iríamos para debaixo dos morros com os gnomos. Casaríamos com as sereias. Nunca sairíamos de casa.

Larguei Patrick em sua segunda comunhão e fui para fora na noite congelante. Ainda não era meia-noite. Nenhum sino tocando, nenhuma chama acesa, saudando um ano novo e dando graças a Deus e ao Imperador.

Um ano que se vai, disse a mim mesmo. Este ano está fugindo e nunca mais vai voltar. Dominó está certo, só há o agora. Esqueça. Esqueça. Você não pode trazê-lo de volta. Você não pode trazê-los de volta.

Dizem que cada floco de neve é diferente. Se isso fosse verdade, como poderia o mundo continuar girando? Como poderíamos sair de nossa posição de joelhos? Como poderíamos nos recuperar dessa maravilha?

Esquecendo. Não podemos guardar coisas demais em nossas mentes.

Só há o presente e nada para lembrar.

No chão de laje, ainda visível sob uma camada de gelo, uma criança rabiscara um jogo-da-velha com giz vermelho de alfaiate. Você joga, você ganha, você joga, você perde. Você joga. O jogo é que é irresistível. Jogando de um ano para outro com as coisas que você ama, o que se arrisca revela o que se valoriza. Sentei e rabiscando no gelo eu desenhei meu próprio tabuleiro de inocentes bolinhas e cruzes zangadas. Talvez o Diabo quisesse ser meu parceiro. Talvez Nossa Senhora. Napoleão, Josefina. Importa para quem você perde, se você perde?

Da igreja veio o bramido do último hino.

Não foi um hino cantado sem animação como são os hinos dos domingos monótonos quando a congregação preferiria estar na cama dormindo ou fazendo amor. Aquele não era um apelo morno a um Deus rigoroso mas o amor e a confiança dos jangadeiros forçaram a porta da igreja, forçaram o frio das pedras, forçaram o grito das pedras. A igreja vibrou.

É dever de minh'alma louvar ao Senhor.

O que lhes deu tanta alegria?

O que convenceu tantas pessoas famintas e com frio de que um outro ano só poderia ser melhor? Foi Ele, Ele no trono? O pequeno Senhor em seu simples uniforme?

O que importa? Por que questionar o que vejo como verdadeiro?

Pela rua em minha direção vem uma mulher com cabelo despenteado, suas botas fazendo centelhas cor de laranja contra o gelo. Ela está rindo. Ela está segurando um bebê bem apertado. Ela vem direto para mim.

— Feliz Ano-novo, soldado.

Seu bebê está bem acordado com claros olhos azuis e dedinhos curiosos que se movem dos botões para o nariz e para mim. Passo meus braços em volta deles e assim criamos uma estranha forma que balança de leve perto do muro. O hino acabou e o momento de silêncio me pega de surpresa.

O bebê arrota.

Então as chamas sobem por todo o Canal e uma grande algazarra no nosso acampamento a três quilômetros chega claramente até onde estamos. A mulher se desvencilha, me beija e desaparece com seus saltos faiscantes. Nossa Senhora, vá com ela.

Aqui vêm eles, com o Senhor costurado em seus corações por mais um ano. De braços dados, abraçados, alguns correndo, alguns andando com grandes passadas como convidados em um casamento. O padre está à porta da igreja, de pé numa piscina de luz e ao lado dele os coroinhas de vermelho protegem do vento as velas sagradas. Do outro lado da rua onde estou posso ver através da porta, ao longo do corredor central até o altar. A igreja está vazia agora, a não ser por Patrick, que está de pé de costas para mim contra o anteparo do altar. Quando ele sai, os sinos estão badalando loucamente e pelo menos uma dúzia de mulheres que nunca vi na vida atiram seus braços em volta de meu pescoço e me dão a bênção. A maioria dos homens está em grupos de cinco ou seis, ainda perto da igreja, mas as mulheres estão se dando as mãos e fazendo uma grande roda que bloqueia a estrada e enche o espaço de um lado a outro da rua. Elas começam a dançar girando cada vez mais rápido até meus olhos ficarem zonzos de acompanhá-las. Não reconheço a música mas suas vozes são plenas.

Roubam meu coração.

Onde quer que o amor esteja, eu quero estar, vou segui-lo com tanta certeza quanto o salmão encurralado pelas margens consegue achar o caminho do mar.

— Beba isso — disse Patrick, empurrando uma garrafa em minha direção. — Nunca mais você sentirá esse sabor.

— Onde o conseguiu?— respondi cheirando a rolha, redonda, madura e sensual.

— De trás do altar. Eles sempre deixam de reserva um gole bom.

Andamos quilômetros de volta ao acampamento, encontrando um bando de soldados carregando um outro que se jogara no mar como um ato de Ano-novo. Não estava morto, mas frio demais para falar. Eles o estavam levando a um bordel para se aquecer.

Soldados e mulheres. O mundo é assim. Qualquer outro papel é temporário. Qualquer outro papel é um gesto.

Dormimos na barraca da cozinha aquela noite como uma concessão à inimaginável temperatura zero. Impossível de sentir também. O corpo se fecha quando tem que agüentar demais; segue o seu caminho quietinho por dentro, esperando tempos melhores, deixando você entorpecido e meio vivo. Com corpos congelados em toda nossa volta, bêbados dormindo até o ano seguinte, terminamos o vinho e o conhaque e enfiamos nossos pés sob os sacos de batatas, sem as botas, mas nada mais. Ouvi a respiração regular de Patrick engasgar e virar ronco. Ele perdeu-se em seu mundo de gnomos e tesouros, sempre certo de que encontraria um tesouro, nem que fosse só uma garrafa de clarete atrás de um altar. Talvez Nossa Senhora realmente se preocupasse com ele.

Fiquei acordado até as gaivotas começarem a gritar. Era o dia de Ano-novo, 1805, e eu tinha 20 anos.

Dois

A Dama de Espadas

Existe uma cidade rodeada de água com passagens aquáticas que fazem as vezes de ruas e estradas e que são tão obstruídas ao fundo que somente ratos podem atravessar. Perca seu caminho, o que é fácil de acontecer, e você pode se encontrar encarando centenas de olhos que guardam um imundo castelo de sacas e ossos. Ache seu caminho, o que é fácil de acontecer, e você pode encontrar uma velha em um portal. Ela vai ler sua sorte, dependendo de sua cara.

Esta é uma cidade de labirintos. Você pode partir do mesmo lugar para o mesmo lugar todos os dias e nunca seguir a mesma rota. Se seguir, será por engano. Seu focinho de perdigueiro não vai lhe servir aqui. Seu curso em leitura de bússola vai traí-lo. Suas certeiras instruções aos transeuntes vão mandá-los para praças das quais nunca ouviram falar, sobre canais não listados em suas anotações.

Embora aonde quer que vá o lugar esteja sempre diante de você, não existe seguir em frente. Não como os corvos voam em linha reta, um atalho o ajudará a alcançar o café do outro lado da água. Os atalhos são aonde vão os gatos, através de vãos impossíveis, depois de esquinas que parecem levá-lo ao caminho oposto. Mas aqui, nesta cidade mercurial, é-lhe exigido despertar a sua fé.

Com fé, todas as coisas são possíveis.

Diz a lenda que os habitantes desta cidade andam sobre a água. Que, ainda mais bizarro, eles têm pés de pato. Não todos os pés, mas os dos gondoleiros cujo ofício é hereditário.

Essa é a lenda.

Quando a mulher de um gondoleiro está grávida, ela espera até a lua cheia e que a noite se esvazie de seus vagabundos. Pega então o barco do marido e rema até uma ilha terrível onde os mortos estão enterrados. Deixa o barco com alecrim na proa de maneira que os seres sem membros não possam retornar com ela e corre até o túmulo do morto mais recente de sua família. Ela trouxe-lhe oferendas: um frasco de vinho, um cacho do cabelo de seu marido e uma moeda de prata. Deve deixar as oferendas no túmulo e implorar por um coração puro caso sua criança seja uma menina e pés de gondoleiro, se for menino. Não há tempo a perder. Deve estar em casa de volta antes do amanhecer e o barco tem que passar um dia e uma noite coberto de sal. Assim os gondoleiros guardam seus segredos e seu ofício. Nenhum novato pode competir. E nenhum gondoleiro vai descalçar suas botas, não importa quanto você lhe pague. Já vi turistas jogarem diamantes para os peixes, mas nunca vi um gondoleiro descalço.

Era uma vez um homem tolo e fraco cuja mulher lavava o barco e vendia o peixe e criava os filhos e que foi à ilha terrível como devia ir quando chegou a sua hora naquele ano. A casa deles era quente no verão e fria no inverno e havia pouca comida e muitas bocas. Esse gondoleiro, conduzindo um turista de uma igreja a outra, aconteceu de cair na conversa de um homem e esse homem levantou a questão dos pés de pato. Ao mesmo tempo ele tirou uma carteira de ouro de seu bolso e deixou-a quieta no fundo do barco. O inverno estava chegando, o gondoleiro estava magro e ele pensou que mal poderia haver em desfazer o laço de uma bota apenas e deixar o visitante ver o que havia ali. Na manhã seguinte, o barco foi apanhado por dois padres a caminho da missa. O turista estava balbuciando palavras incoerentes e puxando com as mãos os dedos dos pés. Não havia gondoleiro. Eles levaram o turista para o hospício, San Servelo, um lugar sossegado, que abriga os ricos e deficientes. Que eu saiba, ele ainda está lá.

E o gondoleiro?

Ele era o meu pai.

Nunca o conheci porque ainda não tinha nascido quando ele desapareceu. Poucas semanas depois de minha mãe herdar um barco vazio, ela descobriu que estava grávida. Embora seu futuro fosse incerto e estritamente falando não estivesse mais casada com um gondoleiro, ela decidiu ir em frente com o lúgubre ritual, e na noite marcada silenciosamente remou através da laguna. Enquanto amarrava o barco, uma coruja voou muito baixo e tocou-a no ombro com sua asa. Ela não se machucou mas deu um grito e um passo atrás e, ao fazer isso, jogou ao mar os ramos de alecrim. Por um minuto pensou em voltar imediatamente mas, fazendo o sinal-da-cruz, apressou-se até o túmulo do pai e depositou as oferendas. Sabia que a vez era do marido, mas ele não tinha túmulo. Bem a cara dele, pensou, tão ausente na morte quanto na vida. Missão cumprida, afastou-se daquelas margens que até os caranguejos evitavam e mais tarde cobriu o barco com tanto sal que ele afundou.

A Virgem Santa deve tê-la protegido. Antes mesmo que eu nascesse ela estava casada de novo. Dessa vez, um próspero padeiro que se dava ao luxo de folgar aos domingos.

A hora do meu parto coincidiu com um eclipse do sol e minha mãe fez de tudo para atrasar as contrações até que ele houvesse passado. Mas naquela época eu já era tão impaciente quanto hoje e forcei minha cabeça para fora enquanto a parteira estava no andar de baixo aquecendo um pouco de leite. Uma linda cabeça com uma mecha de cabelo vermelho e um par de olhos que compensava pelo eclipse do sol.

Uma menina.

Foi um parto fácil e a parteira segurou-me de cabeça para baixo pelos tornozelos até que eu berrasse. Mas foi quando eles me depositaram na mesa para me secar que minha mãe desmaiou e a parteira viu-se forçada a abrir mais uma garrafa de vinho.

Eu tinha pés de pato.

Nunca houvera uma menina com pés de pato em toda a história dos gondoleiros. Minha mãe em seu desmaio teve visões de alecrim e culpou-se por sua falta de cuidado. Ou talvez devesse se culpar por seus livres prazeres com o padeiro? Ela não pensou em meu pai desde que o barco afundou. Jamais pensara muito nele mesmo com o barco sobre a água. A parteira pegou a faca com a lâmina grossa e propôs remover aquelas ofensivas membranas ali mesmo. Minha mãe fracamente concordou, imaginando que eu não sentiria dor ou que aquela dor momentânea seria melhor do que uma vergonha pela vida inteira. A parteira tentou fazer uma incisão no triângulo translúcido entre meus primeiros dois dedos do pé mas sua faca pulou da minha pele sem deixar marca. Ela tentou de novo e de novo entre todos os dedos de cada pé. Curvou a ponta da faca, mas isso foi tudo.

— É o desejo da Virgem — disse afinal, terminando a garrafa. — Não há faca que corte essa pele.

Minha mãe começou a chorar e a se lamentar e continuou nessa toada até meu padrasto chegar em casa. Ele era um homem do mundo que não iria se deixar impressionar por um par de pés de pato.

— Ninguém verá isso quando ela estiver calçada e na hora de arrumar marido, não será pelos pés que ele vai se interessar.

Isso confortou um pouco minha mãe e vivemos os dezoito anos seguintes como uma família normal.

Desde que Bonaparte capturou nossa cidade de labirintos em 1797, mais ou menos abandonamo-nos ao prazer. O que mais há a fazer quando sempre se viveu uma vida livre e honrada e de repente não se tem mais honra nem liberdade? Tornamo-nos uma ilha encantada para os loucos, os ricos, os entediados, os pervertidos. Nossos dias de glória ficaram para trás mas nossos excessos estavam apenas começando. Aquele homem demoliu nossas igrejas por um capricho e saqueou nossos tesouros. Aquela mulher dele tem jóias em sua coroa que saíram de São Marcos. Mas de todas as tristezas, ele tem nossos cavalos vivos esculpidos por homens que estenderam seus braços entre Deus e o Diabo para aprisionar a vida em forma de bronze. Tirou-os da Basílica e jogou-os numa praça banal qualquer daquela mais rameira de todas as cidades, Paris.

Havia quatro igrejas que eu amava, elas olhavam por sobre a laguna para as silenciosas ilhas que se reclinam sobre nós. Ele derrubou-as para fazer um jardim público. Para que nós quereríamos um jardim público? E se o quiséssemos e tivéssemos decidido construí-lo nós mesmos, jamais o faríamos enchendo-o com centenas de pinheiros dispostos em fileiras regimentais. Eles dizem que Josefina é uma botânica. Ela não poderia ter encontrado para nós algo ainda um pouquinho mais exótico? Não odeio os franceses. Meu pai gosta deles. Fizeram seu negócio florescer com aquele apetite por estúpidos bolos.

Ele deu-me também um nome francês.

Villanelle. É bem bonitinho.

Não odeio os franceses. Ignoro-os.

Quando eu tinha dezoito anos, fui trabalhar no Cassino. Não há muitos empregos para uma moça. Eu não queria ir para a padaria e ficar velha com as mãos vermelhas e os braços grossos como coxas. Não poderia ser dançarina, por motivos óbvios, e o que eu mais teria gostado de fazer, trabalhar nos barcos, estava vetado para mim por conta do meu sexo.

Cheguei a sair de barco algumas vezes, remando sozinha por horas a fio para cima e para baixo nos canais e lá fora na laguna. Aprendi os segredos dos gondoleiros por observação e por instinto.

Se por acaso visse uma popa desaparecendo por um canal negro e inóspito, seguia-a e descobria a cidade por dentro da cidade que é um privilégio de poucos. Nesta cidade interior, há ladrões e judeus e crianças com olhos oblíquos que vêm das terras do Leste sem pai ou mãe. Elas vagam em bandos como os gatos e os ratos e correm atrás das mesmas comidas. Ninguém sabe por que estão aqui ou em qual sinistro barco chegaram. Parecem morrer aos 12 ou 13 anos mas há sempre outras para substituí-las. Observei-as mostrarem a faca umas às outras por um nojento punhado de frango.

Há exilados também. Homens e mulheres expulsos de seus cintilantes palácios que abrem tão elegantemente para os reluzentes canais. Homens e mulheres oficialmente mortos segundo os registros de Paris. Eles estão aqui, com aquela única bandeja de ouro que sobrou enfiada na bolsa enquanto fugiam. Enquanto há judeus que comprem a bandeja e a bandeja resista, sobrevivem. Quando se vê os cadáveres flutuando de barriga para cima, você sabe que o ouro acabou.

Uma mulher que mantinha uma pequena esquadra de barcos e uma fileira de gatos e negociava com especiarias vive agora aqui, na cidade silenciosa. Não posso dizer a idade dela, seu cabelo é verde do limo das paredes do buraco onde vive. Ela se alimenta de matéria vegetal que cresce nas pedras quando das marés indolentes. Não tem dentes. Não tem necessidade de dentes. Ainda veste as cortinas que arrancou da sua sala de estar quando partiu. Numa cortina ela se envolve, a outra, joga nos ombros como uma capa. Dorme assim.

Conversei com ela. Quando ouve um barco passar, sua cabeça se espicha do buraco onde vive e ela pergunta que hora do dia deve ser. Nunca que horas são; é filósofa demais para isso. Uma vez eu a vi de noite, seu cabelo asqueroso iluminado por uma lâmpada que ela tem. Estava espalhando pedaços de carne rançosa em um pano. Havia taças de vinho ao lado dela.

— Tenho convidados para jantar — gritou, enquanto eu deslizava do outro lado. — Teria convidado você, mas não sei seu nome.

— Villanelle — gritei de volta.

— Você é uma veneziana, mas usa seu nome como um disfarce. Tome cuidado com os dados e os jogos de azar.

Ela voltou para seu pano e, embora tenhamos nos encontrado outras vezes, nunca me chamou pelo nome nem deu qualquer sinal de me reconhecer.

Fui trabalhar no Cassino, jogando dados e dando as cartas e batendo carteiras sempre que podia. Tomava-se um armazém de champanhe por noite e um cão cruel mantido faminto lidava com os caloteiros. Eu vestia-me de rapaz porque era isso que os visitantes gostavam de ver. Fazia parte do jogo, tentar decidir qual era o sexo escondido atrás das calças justas e da maquiagem extravagante...

Era agosto. Aniversário de Bonaparte e uma noite quente. Deveríamos participar de um baile de celebração na Piazza San Marco, embora não estivesse claro o que nós, venezianos, tínhamos a celebrar. Segundo nossos costumes, o baile deveria ser à fantasia e o Cassino estava preparando mesas de roleta ao ar livre e barracas de jogos de azar. Nossa cidade era um enxame de franceses e austríacos em busca de prazer, o costumeiro caudal de ingleses desnorteados e até um grupo de russos firmes na idéia de chegar à completa satisfação. Satisfazer nossos convidados é nossa maior vocação. O preço é alto mas o prazer é exato.

Pintei meus lábios de escarlate e carreguei meu rosto com pó branco. Nem precisava acrescentar uma pinta na face, tendo uma natural exatamente no lugar certo. Vesti minhas calças amarelas do Cassino com uma listra em cada perna e uma camisa de pirata que escondia meu busto. Isso era necessário, mas o bigode que acrescentei foi por pura diversão. E talvez para minha própria segurança. São demasiadas as vielas escuras e muitas as mãos bêbadas nas noites de festa.

Cruzando nossa incomparável praça que Bonaparte desdenhosamente chamara de a mais bela sala de visitas da Europa, nossos engenheiros haviam montado uma estrutura de madeira com canhões de pólvora. Eles deveriam ser disparados à meia-noite e eu estava otimista quanto à possibilidade de, com tantas cabeças voltadas para cima, muitos bolsos ficarem vulneráveis.

O baile começou às oito horas e eu comecei minha noite dando as cartas em uma barraca de jogos de azar.

Dama de espadas você vence, ás de copas você perde. Novo carteado. O que você vai apostar? Seu relógio? Sua casa? Sua amante? Gosto de sentir neles o cheiro da urgência. Até o mais calmo, o mais rico, tem aquele cheiro. É algo entre o medo e o sexo. Paixão, eu suponho.

Tem um homem que vem jogar a Sorte comigo quase todas as noites no Cassino. Um homem grande com bolsas de carne nas palmas das mãos como massa de padeiro. Quando ele aperta meu pescoço por trás, o suor em suas mãos chega a ranger. Sempre levo um lenço comigo. Ele usa um colete verde e já o vi vestido somente com esse colete porque não pode deixar o dado rolar sem o acompanhar. Ele tem recursos. Deve ter. Gasta em um minuto o que eu ganho em um mês. Mas ele é esperto, com toda a sua loucura à mesa. A maioria dos homens põe seus bolsos e carteiras para fora quando estão bêbados. Querem que todo mundo saiba como são ricos, obesos de tanto ouro. Não ele. Ele porta uma bolsa na frente das calças e vira de costas para mergulhar a mão nela. Nunca vou bater sua carteira.

Não sei o que mais pode haver ali.

Ele especula do mesmo jeito a meu respeito. Pego-o olhando para o gancho da minha calça e volta e meio uso um enchimento para provocá-lo. Meus seios são pequenos, a separação entre eles não me denuncia, e sou alta para uma moça, especialmente uma veneziana.

Pergunto-me o que ele diria dos meus pés.

Esta noite, ele está vestindo sua melhor roupa e seu bigode brilhante. Embaralho as cartas diante dele; fecho, misturo, embaralho novamente. Ele escolhe. Baixa demais para ganhar. Escolhe de novo. Alta demais. Paga. Ele ri e joga uma moeda para a banca.

— Seu bigode cresceu em dois dias.

— Minha família é peluda.

— Fica bem em você.

Seus olhos movem-se como de costume, mas estou firmemente posicionada do outro lado do balcão. Ele tira outra moeda. Eu espalho as cartas. O Valete de Copas. Uma carta de mau agouro mas ele não se preocupa com isso, promete voltar e levando o Valete para dar sorte passa a outra mesa de jogo. Seu traseiro deforma o paletó. Eles estão sempre pegando as cartas. Fico me perguntando se é para forçar que se ponha em jogo outro baralho ou para trapacear a próxima banca. Acho que isso depende de quem será a próxima banca.

Amo a noite. Em Veneza, muito tempo atrás, quando obedecíamos a nosso próprio calendário e nos mantínhamos ao largo do mundo, começávamos o dia à noite. Para que o sol quando nosso comércio e nossos segredos e nossa diplomacia dependiam da escuridão? No escuro você está disfarçado nesta cidade de disfarces. Naqueles dias (não posso localizá-los no tempo porque o tempo tem a ver com a luz do dia), naqueles dias quando o sol baixava abríamos nossas portas e deslizávamos pelas águas coleantes com uma luz coberta em nossa proa. Todos os nossos barcos então eram negros e não deixavam marca sobre a água onde estavam. Negociávamos com perfume e seda. Esmeraldas e diamantes. Negócios de Estado. Não construíamos pontes meramente para evitar andar sobre a água. Nada tão óbvio. Uma ponte é um lugar de reunião. Um lugar neutro. Um lugar informal. Inimigos escolherão se encontrar sobre uma ponte e encerrar suas divergências naquele vácuo. Um atravessará até o outro lado. O outro não baterá em retirada. Para os amantes, uma ponte é uma possibilidade, uma metáfora da sorte deles. E para o tráfico de mercadorias sussurradas, o que mais senão uma ponte na noite?

Nós somos um povo filosófico, versado na natureza da cobiça e do desejo, de mãos dadas com Deus e com o Diabo. Não gostaríamos de abrir mão de qualquer um dos dois. Essa ponte viva é tentadora para todos e você pode perder sua alma ou encontrá-la aqui.

E nossas próprias almas?

São siamesas.

Hoje em dia, o escuro tem mais luz do que antigamente. Há clarões em toda parte e os soldados gostam de ver as ruas iluminadas, gostam de ver algum reflexo nos canais. Não confiam em nossos pés macios e facas finas. Não obstante, a escuridão pode ser encontrada; nos canais menos usados ou lá fora na laguna. Não há escuro como aquele. Macio ao toque e pesado nas mãos. Você pode abrir a boca e deixá-lo afundar em você até que ele faça uma bola fechada em sua barriga. Você pode enganá-lo, iludi-lo, ou nadar nele. Você pode abri-lo como uma porta.

Os velhos venezianos tinham olhos de gatos que cortavam a mais densa das noites e os levavam por caminhos impenetráveis sem tropeções. Até hoje, se você nos olhar bem de perto verá que alguns de nós têm olhos rasgados à luz do dia.

Eu achava que a escuridão e a morte eram provavelmente a mesma coisa. Que a morte era a ausência de luz. Que a morte era nada mais do que a terra de sombras onde as pessoas compravam e vendiam e amavam como de costume mas com menos convicção. A noite parece mais temporária do que o dia, especialmente para os amantes, e também parece mais incerta. Dessa maneira, resume nossas vidas, que são incertas e temporárias. Esquecemos disso durante o dia. De dia continuamos para sempre. Esta é a cidade da incerteza, onde caminhos e rostos parecem mas não são. A morte será assim. Permaneceremos para sempre reconhecendo pessoas que jamais encontramos.

Mas a escuridão e a morte não são a mesma coisa.

Uma é temporária, a outra, não.

Nossos funerais são eventos fabulosos. Costumamos realizá-los à noite, retornando a nossas raízes escuras. Os barcos negros escumam a água e o caixão é borrifado em forma de cruz. Da minha janela superior, que dá para dois canais que se cortam, vi uma vez o cortejo de um homem rico com 15 barcos (o número deve ser sempre ímpar), que deslizavam para a laguna. No mesmo momento, o barco de um pobre, levando um caixão não envernizado mas coberto de piche, flutuava também, conduzido por uma velha que mal tinha forças para puxar os remos. Pensei que iam colidir, mas os barqueiros do rico manobraram. Em seguida, a viúva dele fez um movimento com a mão e o cortejo abriu a linha no undécimo barco e fez lugar para o pobre, atirando um cabo à proa de maneira que a velha tivesse somente que guiar a embarcação. Continuaram assim em direção à terrível ilha de San Michele e eu os perdi de vista.

De minha parte, quando eu tiver que morrer, gostaria de fazê-lo sozinha, longe do mundo. Gostaria de me deitar na pedra quente em maio até minhas forças se acabarem, e aí mergulhar gentilmente no canal. Coisas assim ainda são possíveis em Veneza.

Hoje em dia, a noite é projetada para os que buscam o prazer e esta noite, na avaliação deles, é um *tour de force*. Há engolidores de fogo espumando suas bocas de línguas amarelas. Há um urso que dança. Há uma trupe de menininhas, seus doces corpos rosados e sem pêlo, carregando amêndoas açucaradas em pratos de cobre. Há mulheres de todo tipo e nem todas são mulheres. No centro da praça, os artesãos de Murano modelaram um imenso chinelo de cristal que é constantemente abastecido e reabastecido de champanhe. Para beber dele, é preciso fazer como um cachorro e os visitantes adoram isso. Um já se afogou, mas o que é uma morte em meio a tanta vida?

Na estrutura superior de madeira onde a pólvora aguarda, há também uma quantidade de redes suspensas e trapézios. Dali os acrobatas balançam sobre a praça, formando sombras grosseiras sobre os dançarinos no solo. De vez em quando, um se pendura pelos joelhos e rouba um beijo de quem estiver lá embaixo. Eu gosto desses beijos. Eles enchem a boca e deixam o corpo livre. Para beijar bem a gente deve exclusivamente beijar. Sem mãos que apalpem ou corações que disparem. Os lábios e somente os lábios são o prazer. A paixão é mais doce partida fio a fio. Dividida e redividida como mercúrio e depois agrupada apenas no último momento.

Como você vê, não sou uma ignorante sobre o amor.

Está ficando tarde, quem vem ali com uma máscara sobre a face? Será que ela vai tentar as cartas?

Ela vai. Segura uma moeda em sua mão de maneira que eu tenha que tocá-la. Sua pele é morna. Dou as cartas. Ela escolhe. O dez de ouros. O três de paus. E a Dama de espadas.

— A carta da sorte. O símbolo de Veneza. Você ganhou.

Ela sorriu para mim e puxando sua máscara revelou um par de olhos verdes acinzentados com raios de ouro. Suas maçãs do rosto eram altas e coradas. Seu cabelo, mais escuro e mais vermelho do que o meu.

— Quer jogar de novo?

Ela meneou a cabeça e comandou ao garçom uma garrafa de champanhe. Não um champanhe qualquer. Madame Clicquot. A única coisa boa que vem da França. Segurou a taça em um brinde silencioso, talvez a sua própria boa sorte. A Dama de espadas é uma séria vencedora mas também uma carta que normalmente devemos ter o cuidado de evitar. Ainda assim ela não disse nada mas olhou-me através do cristal e de repente secando seu copo acariciou um lado do meu rosto. Por um segundo somente ela me tocou e partiu e fui abandonada com meu coração golpeando meu peito e três quartos de uma garrafa do melhor champanhe que há. Tomei o cuidado de ocultar os dois.

Sou pragmática a respeito do amor e já tive prazeres tanto com homens como mulheres, mas nunca precisei de um guarda para o meu coração. Meu coração é um órgão confiável.

À meia-noite a pólvora foi disparada e o céu sobre São Marcos partiu-se em um milhão de pedaços coloridos. Os fogos de artifício duraram talvez meia hora e nesse intervalo consegui surrupiar dinheiro suficiente para subornar um amigo que tomasse conta da minha barraca por um tempo. Imprensada pelas pessoas, deslizei em direção ao chinelo de cristal ainda borbulhante, procurando por ela.

Desaparecera. Havia rostos e vestidos e máscaras e beijos para serem roubados e mãos a cada volta mas ela não estava lá. Fui parada por um soldado de infantaria com duas bolas de cristal nas mãos que me perguntou se eu trocaria as minhas pelas dele. Mas eu não estava com paciência para joguinhos amorosos e empurrei-o, meus olhos implorando por um sinal.

A roleta. A mesa de jogos. As cartomantes. A fabulosa mulher de três seios. O macaco que canta. Os rápidos dominós e o tarô.

Ela não estava lá.

Ela não estava em lugar algum.

Meu tempo estava acabando e voltei para a barraca da sorte cheia de champanhe e o coração vazio.

— Passou uma mulher procurando por você — disse meu amigo. — Ela deixou isso.

Sobre a mesa, um brinco. Romano pela aparência, curiosamente moldado, feito com aquele distinto ouro amarelo velho que os tempos de hoje não conhecem mais.

Pus o brinco em minha orelha, embaralhei as cartas em um leque perfeito, retirei a Dama de espadas. Ninguém mais ganharia esta noite. Guardaria a carta para ela até que houvesse necessidade.

A alegria logo envelhece.

Pelas três horas da madrugada os foliões estavam indo embora pelos arcos em volta de São Marcos ou encontravam-se deitados em pilhas nos bares, que abriam cedo para oferecer café forte. A jogatina acabara. Os caixas do Cassino estavam empacotando suas listras berrantes e baetas otimistas. Eu estava de folga e era quase de manhã. Normalmente, vou direto para casa e encontro meu padrasto que se dirige à padaria. Ele me bate no ombro e faz alguma piada sobre a dinheirama que estou fazendo. É um homem curioso: um dar de ombros e uma piscadela e é isso. Nunca achou estranho que sua filha se travestisse para ganhar a vida e paralelamente vendesse carteiras de segunda mão. Mas também nunca achou estranho que sua filha nascesse com pés de pato.

— Há coisas mais estranhas — disse.

Imagino que haja.

Esta manhã, não há como ir para casa. Estou desperta e de pé, minhas pernas estão inquietas e a única coisa sensata é pegar um barco emprestado e me acalmar à maneira veneziana: sobre a água.

O Canal Grande já está agitado com os barcos de verduras. Sou a única que parece disposta ao lazer e os outros por um minuto me olham com curiosidade entre a arrumação da carga e a discussão com um colega. Essa é minha gente, pode me olhar quanto quiser.

Vou em frente sob o Rialto, aquela estranha meia-ponte que pode ser levantada para interromper a guerra de uma metade da cidade contra a outra. Vão fechá-la um dia e seremos todos irmãos e mães. Mas isso seria o fim do paradoxo.

Pontes unem mas também separam.

Lá fora agora, passadas as casas que se debruçam sobre a água. Passado o próprio Cassino. Passados os agiotas e as igrejas e os prédios governamentais. Lá fora agora na laguna com o vento somente e as gaivotas para me fazer companhia.

Existe uma certeza que vem com os remos, com o sentido de uma geração após outra ficando em pé dessa maneira e remando dessa maneira com ritmo e destreza. Esta cidade está repleta de fantasmas cuidando dos seus. Nenhuma família estaria completa sem seus ancestrais.

Nossos ancestrais. Os nossos. O futuro é previsto do passado e o futuro só é possível por causa do passado. Sem passado e futuro, o presente é parcial. Todo tempo é eternamente presente e todo tempo é nosso. Não faz sentido esquecer e faz todo sentido sonhar. Assim o presente se enriquece. Assim o presente é feito inteiro. Na laguna esta manhã, com o passado junto a meu cotovelo, remando a meu lado, vejo o futuro brilhando na água. Pego minha imagem na água e vejo nas distorções do meu rosto o que posso me tornar.

— Se eu a encontro, como será meu futuro?

Vou encontrá-la.

Em algum lugar entre o medo e o sexo está a paixão.

A paixão é menos uma emoção do que um destino. Que escolha tenho eu em face deste vento senão levantar a vela e descansar os remos?

Rompe a manhã.

Passei as semanas que se seguiram em héctico estupor.

Existe tal coisa? Existe. É a condição que mais se assemelha a um tipo particular de desordem mental. Vi gente como eu em San Servelo. Manifesta-se como uma compulsão de estar fazendo sempre a mesma coisa, mesmo que não tenha sentido algum. O corpo tem que se mexer mas a mente permanece oca.

Andei por ruas, remei em círculos em torno de Veneza, acordei no meio da noite com as cobertas enroscadas em nós impossíveis e meus músculos rígidos. Dei para trabalhar dois turnos no Cassino, vestida de mulher à tarde e de rapaz à noite. Comi quando comida foi posta à minha frente e dormi quando meu corpo latejava de exaustão.

Perdi peso.

Peguei-me olhando para o vazio, esquecendo para onde estava indo.

Minha temperatura baixou.

Nunca me confesso: Deus não quer que a gente se confesse, ele quer que o desafiemos, mas por um período fui a nossas igrejas porque elas foram construídas de todo coração. Improváveis corações que eu nunca compreendera antes. Corações tão cheios de desejo que estas velhas pedras ainda bradam pelo êxtase deles. Estas igrejas são calorosas, construídas ao sol.

Sentava-me na parte de trás, ouvindo a música ou murmurando ao longo da missa. Nunca sou tentada por Deus mas gosto de suas armadilhas. Não fui tentada mas começo a compreender por que outros o são. Com este sentimento interior, com este amor selvagem a ameaçar, existem lugares seguros? Onde você armazena a pólvora? Como você pode dormir à noite novamente? Se eu fosse um pouco diferente poderia transformar a paixão em algo sagrado e então dormiria de novo. E então meu êxtase seria meu êxtase mas eu não teria medo.

Meu flácido amigo, que decidiu que sou mulher, pediu-me em casamento. Prometeu manter-me no luxo e na riqueza, com todo tipo de coisas gostosas, desde que eu continue me vestindo de rapaz no conforto do nosso lar. Ele gosta disso. Diz que encomendará meus bigodes e enchimentos feitos sob medida, e de vez em quando vamos brincar disso, jogando e nos embriagando. Pensei em enfiar uma faca nele bem ali no meio do Cassino, mas meu pragmatismo veneziano interferiu e achei que talvez eu pudesse me divertir um pouquinho também. Qualquer coisa vale agora a pena para aliviar a dor de nunca encontrá-la.

Sempre me perguntei de onde vem o dinheiro dele. Será herdado? A mãe dele ainda paga as contas?

Não. Ele ganha seu dinheiro. Ganha seu dinheiro fornecendo carne e cavalos ao exército francês. Carne e cavalos que, segundo ele mesmo, normalmente não serviriam de comida para um gato ou montaria para um mendigo.

Como ele faz para levar esse negócio?

Ninguém mais consegue abastecer tanto e tão rapidamente, em qualquer lugar: assim que chegam as encomendas, os fornecimentos estão a caminho.

Parece que Bonaparte vence suas batalhas rapidamente ou não as vence. É a sua maneira. Ele não precisa de qualidade, precisa de ação. Precisa de seus homens de pé para uma marcha de quantos dias e uma batalha de tantos dias. Precisa de cavalos para uma única bateria. É o suficiente. Que importa os cavalos mancarem ou os homens estarem envenenados se eles durarem para o que for necessário?

Eu estaria me casando com um carniceiro.

Deixei-o comprar champanhe para mim. Só do melhor. Eu não provava Madame Clicquot desde aquela noite quente de agosto. Seu jato em minha língua e minha garganta trouxe-me outras memórias. Memórias de um único toque. Como algo tão fugaz podia ser tão envolvente?

Mas Cristo disse "sigam-me" e assim foi feito.

Mergulhada nesses sonhos, mal senti sua mão em minha perna, seus dedos em minha barriga. Então me lembrei vividamente de um polvo e seus tentáculos e o pus para correr gritando que nunca me casaria com ele nem por todo o Veuve Clicquot da França nem por uma Veneza repleta de enchimentos. Sua cara estava sempre tão vermelha que ficava difícil dizer como ele se sentiu a respeito desses insultos. Levantou-se de onde estivera ajoelhado e arrumou seu colete. Perguntou-me se eu queria manter meu emprego.

— Vou manter meu emprego porque sou boa nisso e clientes como você passam pela porta todos os dias.

Ele então me bateu. Não com muita força mas fiquei em estado de choque. Nunca tinham me batido antes. Bati de volta. Com força.

Ele caiu na gargalhada e vindo em minha direção esmagou-me contra a parede. Foi como ficar embaixo de uma pilha de peixe. Não tentei me mexer, ele pesava pelo menos duas vezes mais do que eu e nunca pretendi ser heroína. Também não tinha nada a perder, já tendo perdido em tempos mais felizes.

Ele deixou uma mancha em minha camisa e atirou uma moeda para mim à guisa de despedida.

O que eu poderia esperar de um carniceiro?

Voltei para o andar dos jogos.

Novembro em Veneza é o começo da estação do catarro. O catarro é tão parte de nossa herança quanto São Marcos. Muito tempo atrás, quando o Conselho dos Três governava de maneira misteriosa, qualquer traidor ou infeliz desaparecido era dito como mais uma vítima fatal do catarro. Dessa forma, não havia constrangimento. É a névoa que vem da laguna e oculta uma ponta da Piazza da outra que nos traz a odiosa congestão. Além disso, chove, lamentável e silenciosamente, e os barqueiros se sentam sob trapos ensopados e olham para os canais com desesperança. Esse clima espanta os turistas, e é só o que vale nesse período. Até as comportas da Fenice ficam cinza.

Numa tarde em que o Cassino não me queria e eu tampouco me queria, fui ao Florian tomar um drinque e olhar a Praça. É um passatempo gratificante.

Estava sentada fazia talvez uma hora quando tive a sensação de estar sendo observada. Não havia ninguém perto de mim, mas havia alguém atrás de uma cortina um pouco adiante. Deixei minha mente se recolher mais uma vez. Que importava? Estamos sempre olhando ou sendo olhados. O garçom chegou-se a mim com um embrulho na mão.

Abri. Era um brinco. Era o par.

E ela estava diante de mim e percebi que eu estava vestida como naquela noite porque aguardava a hora de ir trabalhar. Minha mão foi até meus lábios.

— Você o raspou — ela disse.

Sorri. Não conseguia falar.

Ela me convidou para jantar na noite seguinte e peguei seu endereço e aceitei.

No Cassino aquela noite tentei decidir o que fazer. Ela pensava que eu era um rapaz. Eu não era. Deveria ir vê-la como eu mesma e fazer uma piada sobre o equívoco e sair polidamente? Meu coração encolhia a essa idéia. Perdê-la tão cedo mais uma vez. E o que era eu? Seria essa persona de calças e botas menos real do que minhas ligas? O que em mim interessava a ela?

Você joga e ganha. Você joga e perde. Você joga.

Tive o cuidado de roubar bastante para comprar uma garrafa do melhor champanhe.

Apaixonados nunca estão preparados na hora certa. As bocas secam, as mãos se umedecem, a conversa falha e o tempo todo o coração ameaça voar do corpo para todo o sempre. Apaixonados são conhecidos por ataques do coração. Apaixonados bebem demais por causa do nervosismo e não conseguem desempenhar. Comem de menos e desmaiam em definhamentos ardentemente provocados. Não fazem carinho no gato favorito e a maquiagem fica borrada. Não é só isso. Tudo que você valoriza — seu vestido, seu jantar, sua poesia — dá errado.

A casa dela era graciosa, em um canal sossegado, da moda mas não vulgar. A sala de estar, enorme com grandes janelas em cada ponta e uma lareira adequada a um cão de caça preguiçoso. Mobiliada com simplicidade: uma mesa oval e uma *chaise-*

longue. Alguns objetos chineses que ela gostava de colecionar quando os navios chegavam. Tinha também uma estranha seleta de insetos mortos engastados em caixas de vidro na parede. Eu nunca antes tinha visto coisas assim e refletia sobre elas com entusiasmo.

Ela ficou perto de mim enquanto me guiava pela casa destacando certos quadros e livros. Sua mão conduziu meu cotovelo nas escadas e quando nos sentamos para comer não nos dispôs formalmente mas colocou-me ao lado dela, a garrafa no meio.

Conversamos sobre a ópera e o teatro e os turistas e o clima e nós mesmas. Contei-lhe que meu pai de verdade tinha sido um gondoleiro e ela riu e perguntou se era verdade mesmo que tínhamos pés de pato.

— É claro — respondi e ela riu mais ainda da piada.

Tínhamos terminado. A garrafa estava vazia. Ela disse que se casara tarde, na verdade nunca tivera expectativas de casamento, sendo teimosa e com recursos próprios. Seu marido negociava livros e manuscritos raros do Oriente. Mapas antigos que exibiam os covis dos grifos e os antros das baleias. Mapas de tesouros que diziam mostrar o paradeiro do Santo Graal. Era um homem calmo e culto que ela admirava.

Ele estava fora.

Termináramos, a garrafa estava vazia. Nada mais havia a dizer sem esforço ou repetição. Eu ficara com ela por mais de cinco horas e chegara o momento de partir. Ao nos levantarmos, ela se moveu para pegar alguma coisa e eu estendi meu braço, isso foi tudo, e ela voltou-se para meus braços de maneira que minhas mãos descansaram sobre seus ombros e as dela correram as minhas costas. Ficamos assim por alguns momentos até eu ganhar coragem para beijá-la muito levemente no pescoço. Ela não se afastou. Fiquei mais audaciosa e beijei sua boca, mordendo um pouquinho o lábio inferior.

Ela me beijou.

— Não posso fazer amor com você — ela disse.

Alívio e desespero.

— Mas posso beijar.

E assim, desde o início, separamos nosso prazer. Ela deitou-se no tapete e eu me deitei em ângulos certos para que somente nossos lábios pudessem se encontrar. Beijar dessa maneira é a mais estranha das distrações. O corpo guloso que clama por satisfação é forçado a se contentar com uma única sensação e, assim como o cego ouve mais agudamente e o surdo consegue sentir a grama crescer, a boca torna-se o foco do amor e todas as coisas passam por ela e são redefinidas. É uma tortura precisa e doce.

Quando saí de sua casa algumas horas mais tarde, não parti imediatamente, mas fiquei olhando-a ir de um quarto a outro apagando as luzes. Lá para cima ela foi, fechando a escuridão a suas costas até que restasse uma única luz, a sua própria. Ela disse que sempre lia até a madrugada quando seu marido estava fora. Esta noite não leu. Fez uma breve pausa à janela e a casa ficou negra.

O que estava ela pensando?

O que estava ela sentindo?

Andei devagar pelas praças silenciosas e através do Rialto, onde a névoa pairava sobre as águas. Os barcos estavam cobertos e vazios exceto pelos gatos que faziam suas casas sob as tábuas dos assentos. Não havia ninguém, nem os mendigos que dobram seus trapos e a si mesmos em qualquer soleira.

Como é isso que um dia a vida está em ordem e você contente, talvez um pouco cínica mas no geral tudo mais ou menos, e de repente, sem aviso prévio, descobre-se que o sólido chão que se pisa é uma arapuca e você está em outro lugar cuja geografia é incerta e cujos costumes são estranhos?

Os viajantes pelo menos têm uma escolha. Aqueles que partem sabem que as coisas não serão como em casa. Os exploradores vão preparados. Mas para nós, que viajamos ao longo dos vasos sanguíneos, que chegamos às cidades do interior por acaso, não há preparação. Nós que éramos fluentes descobrimos que a vida é uma língua estrangeira. Algum lugar entre o pântano e as montanhas. Algum lugar entre o medo e o sexo. Em algum lugar entre Deus e o Diabo a paixão está e o caminho até ela é repentino e o caminho de volta é pior.

Estou surpresa comigo mesma falando dessa maneira. Sou jovem, tenho o mundo diante de mim, haverá outras. Sinto meu primeiro traço de desafio desde que a encontrei. Minha primeira manifestação de ego. Não vou vê-la de novo. Posso ir para casa, jogar essas roupas de lado e ir em frente. Posso me mudar se quiser. Tenho certeza de que convenço o carniceiro a me levar para Paris por um favor ou dois.

Paixão, cuspo nela.

Cuspi no canal.

Então a lua ficou visível entre as nuvens, uma lua cheia, e pensei em minha mãe remando seu caminho na fé até a ilha terrível.

A superfície do canal tinha a aparência de azeviche lustrado. Descalcei minhas botas lentamente, dando folga aos cordões e desfazendo os nós. Envoltas entre cada dedo do pé, minhas próprias luas. Pálidas e opacas. Sem uso. Sempre brinquei com elas mas nunca achei que fossem reais. Minha mãe não me dizia sequer se as histórias que corriam eram verdadeiras e não tenho primos barqueiros. Meus irmãos foram embora.

Poderia eu andar sobre a água?

Poderia?

Tropecei nos degraus escorregadios levando à escuridão. Era novembro, afinal de contas. Eu poderia morrer se caísse. Tentei balançar meu pé na superfície e ele caiu no frio nada.

Poderia uma mulher amar uma mulher por mais de uma noite?

Fui embora e de manhã dizem que um mendigo correu por todo o Rialto contando de um jovem que tinha andado sobre o canal como se fosse sólido.

Estou lhe contando histórias. Acredite em mim.

Quando nos encontramos de novo, eu havia pegado emprestado um uniforme de oficial. Ou, mais precisamente, roubado um uniforme.

O que aconteceu foi isso.

No Cassino, bem depois de meia-noite, um soldado me abordou e propôs uma aposta incomum. Se eu o batesse no bilhar, ele me daria de presente sua carteira. Mostrou-a para mim. Redonda, caprichosamente estofada e deve haver em mim um bocado de sangue do meu pai porque nunca consegui resistir a uma carteira.

E se eu perdesse? Eu deveria dar a ele a minha carteira. Não havia dúvida a respeito do que ele queria dizer.

Jogamos, animados por uma dúzia de apostadores entediados e, para minha surpresa, o soldado jogava bem. Depois de algumas horas no Cassino, ninguém joga nada bem.

Perdi.

Fomos para seu quarto e ele era desses homens que gostam que as mulheres fiquem com o rosto para baixo, braços estendidos como o Cristo crucificado. Ele era competente e fácil e logo adormeceu. Ele era também mais ou menos da minha altura. Deixei-lhe a camisa e as botas e levei o resto.

Ela me cumprimentou como se eu fosse um velho amigo e me perguntou imediatamente sobre o uniforme.

— Você não é um soldado.

— É uma fantasia.

Comecei a me sentir como Sarpi, o diplomata e padre veneziano, que dizia nunca ter contado uma mentira mas que também não contava a verdade para qualquer um. Muitas vezes ao longo da noite enquanto comíamos e bebíamos e jogávamos dados eu me preparei para explicar. Mas minha língua engrossava e meu coração se apertava em autodefesa.

— Pés — disse ela.

— O quê?

— Deixe-me acariciar seus pés.

Minha doce Madona, meus pés, não.

— Nunca tiro minhas botas longe de casa. É um hábito nervoso.

— Então tire a camisa.

Nem minha camisa, se levantasse minha camisa ela veria meus seios.

— Nesse clima inóspito não seria sábio. Todo mundo pegou o catarro. Pense no fog.

Vi seus olhos descerem. Esperaria ela que meu desejo fosse tão óbvio?

O que eu poderia permitir: meus joelhos?

Em vez disso, debrucei-me e comecei a beijar seu pescoço. Ela enterrou minha cabeça em seu cabelo e tornei-me sua criatura. Seu cheiro, minha atmosfera, e mais tarde quando estava só maldisse minhas narinas por respirarem o ar de todo dia esvaziando meu corpo de tudo o que era ela.

Quando eu estava indo embora, ela disse:

— Meu marido volta amanhã.

Oh.

Quando eu estava indo embora, ela disse:

— Não sei quando verei você de novo.

Ela faz sempre assim? Anda pelas ruas, quando seu marido viaja, procurando por alguém como eu? Cada um em Veneza tem sua fraqueza e seu vício. Talvez não só em Veneza. Convida-os para cear e os segura no olhar e explica, com um pouco de tristeza, que não pode fazer amor? Talvez isso seja sua paixão. A paixão pelos obstáculos da paixão. E eu? Todo jogo ameaça com um coringa. O imprevisível, o fora de controle. Mesmo com mão firme e uma bola de cristal não conseguiríamos governar o mundo da maneira que quiséssemos. Há tempestades no mar e há outras tempestades em terra. Somente as janelas do convento olham serenamente para ambas.

Voltei a sua casa e bati na porta. Ela abriu uma fresta. Parecia surpresa.

— Sou uma mulher — disse, levantando minha camisa e arriscando pegar o catarro.

Ela sorriu:

— Eu sei.

Não voltei para casa. Fiquei.

As igrejas se prepararam para o Natal. Cada Madona foi enfeitada e cada Jesus foi repintado. Os padres tiraram do armário seus gloriosos dourados e escarlates, e o incenso estava especialmente doce. Dei para ir à missa duas vezes por dia para me banhar no calor do Nosso Senhor. Nunca refleti muito sobre o banho de sol. No verão tomo-o contra os muros ou sentada como as lagartas do Levante em cima dos nossos poços de ferro. Adoro o modo como a madeira retém o calor, e se posso pego meu barco e me deito na direção do sol um dia inteiro. Meu corpo relaxa, minha mente voa longe e me pergunto se é isso que os santos sentem quando falam de seus transes. Já vi homens santos virem das terras orientais. Uma vez tivemos uma exposição deles para compensar pela lei proibindo a festa do boi. Seus corpos eram distendidos mas ouvi dizer que isso tinha a ver com a dieta que eles comem.

Não se pode dizer que o banho de sol seja uma atividade santa, mas se chega aos mesmos resultados, será que Deus se incomoda? No Velho Testamento o fim sempre justificou os meios. Compreendemos isso em Veneza, sendo nós um povo pragmático.

Agora o sol foi embora e devo tomar meu banho de calor de outras maneiras. Banho de igreja é pegar o que está ali e não pagar por isso. Pegar o consolo e a alegria e ignorar o resto. Natal mas não a Páscoa. Nunca liguei para a igreja na Páscoa. É melancólico demais, além de o sol já estar brilhando lá fora nessa época do ano.

Se eu fosse à confissão, o que confessaria? Que costumo me travestir? Nosso Senhor também fazia isso, assim como os padres.

Que eu roubo? Nosso Senhor também roubou, assim como os padres.

Que estou apaixonada?

O objeto do meu amor foi embora para o Natal. É isso que eles fazem nessa época do ano. Ele e ela. Achei que iria me importar, mas depois dos primeiros dias, quando meu estômago e peito estiveram cheios de pedras, tenho me sentido feliz. Quase aliviada. Revi meus amigos e passeei sozinha quase com o mesmo pé firme de antes. Alívio porque não há mais encontros clandestinos. Não mais horas roubadas. Houve uma certa semana em que ela tomou dois cafés-da-manhã todos os dias. Um em casa e outro comigo. Um na sala de estar e outro na Praça. Depois disso, seus almoços foram desastrosos.

Ela aprecia muito ir ao teatro e, porque ele não gosta do palco, vai sozinha. Por um período ela só viu o primeiro ato de tudo. No intervalo vinha se encontrar comigo.

Veneza é cheia de moleques que levam bilhetes de mãos ansiosas a outras. Nas horas em que não podíamos nos encontrar mandávamos mensagens de amor e premência. Nas horas em que podíamos nos encontrar nossa paixão era breve e feroz.

Ela se veste para mim. Nunca a vi com a mesma roupa duas vezes.

Agora, estou completamente dedicada ao egoísmo. Penso somente em mim, levanto-me quando quero, em vez de madrugar apenas para vê-la abrir as persianas. Cortejo garçons e jogadores e recordo-me de que gosto disso. Canto para mim mesma e tomo banho de igreja. Essa liberdade é deliciosa porque é rara? Será que qualquer descanso do amor é bem-vindo porque temporário? Se ela houvesse partido para sempre esses meus dias não teriam luz. É porque ela vai voltar que aprecio estar sozinha?

Pobre coração que viceja no paradoxo: que deseja a amada e, secretamente, sente alívio porque a amada não está. Que nas horas noturnas se corrói desesperado por um sinal e, no café-da-manhã, aparece tão composto. Que deseja certeza, fidelidade, amizade, e joga na roleta a jóia rara.

Jogar não é um vício, é uma expressão de nossa humanidade.
Jogamos. Alguns na mesa de jogo, outros não.
Você joga, ganha, você joga, perde. Você joga.

O Filho Sagrado nasceu. Sua mãe está elevada. Seu pai, esquecido. Os anjos cantam nos bancos dos coros e Deus senta-se no telhado de cada igreja e despeja sua bênção aos de baixo. Que maravilha juntar-se a Deus, apostar sua alma contra ele, sabendo que simultaneamente você ganha e perde. Onde mais você pode se entregar assim sem medo ao refinado masoquismo da vítima? Deitar sob a lança dele e fechar seus olhos. Onde mais você tem tanto controle? Não no amor, certamente.

Ele precisa mais de você do que você dele porque ele conhece as conseqüências de não possuí-lo, enquanto você, que não sabe nada, pode jogar seu boné para o alto e viver um novo dia. Você chapinha na água e ele nem cruza seus pensamentos, mas ele está lá registrando a força precisa da corrente em volta de seus tornozelos.

Goze. A despeito do que dizem os monges, você pode descobrir Deus sem acordar cedo. Você pode descobrir Deus refestelada no banco da igreja. As privações são uma invenção dos homens porque o homem não pode existir sem paixão. A religião fica em algum lugar entre o medo e o sexo. E Deus? De verdade? Ele mesmo, sem nossas vozes falando em seu nome? Obcecado, creio, mas não apaixonado.

Em nossos sonhos às vezes lutamos nos oceanos do desejo pela escada de Jacó acima até o lugar da disciplina. Depois vozes humanas nos despertam e nós nos afogamos.

Na Noite de Ano-novo, uma procissão de barcos iluminados com velas se estendeu pelo Canal Grande. Ricos e pobres partilharam a mesma água e nutriram os mesmos sonhos de que o ano seguinte, a sua maneira, seria melhor. Minha mãe e meu pai na padaria distribuíram bisnagas aos doentes e aos pedintes. Meu pai estava bêbado e tiveram que fazê-lo parar de cantar os versos que aprendera em um bordel francês.

Lá fora, escondidos na cidade interior, os exilados observavam de outra maneira. Os canais escuros estavam tão escuros quanto de costume mas um olhar mais atento revelava andrajos de cetim em corpos amarelos, o lampejo de uma taça vinda de algum buraco subterrâneo. As crianças de olhos rasgados haviam roubado uma cabra e estavam solenemente cortando sua garganta quando passei remando. Interromperam suas facas vermelhas por um momento para me olhar.

Minha amiga filósofa estava em sua varanda. Isto é, um par de engradados presos a anéis de ferro de cada lado de seu abrigo. Ela usava algo na cabeça, um círculo, escuro e pesado. Deslizei em frente a ela, que me perguntou que horas deveriam ser.

— Quase Ano-novo.

— Eu sei. Sinto o cheiro.

Ela voltou para mergulhar a caneca no canal e dar grandes goles. Somente quando parti percebi que sua coroa era feita de ratos amarrados em círculo por seus rabos.

Não vi judeus. O negócio deles é só deles esta noite.

Fazia um frio amargo. Não tinha vento mas aquele ar gelado que congela os pulmões e come os lábios. Meus dedos estavam dormentes nos remos e quase pensei em amarrar o barco e correr para me juntar à multidão que se empurrava em direção a São Marcos. Mas essa não era uma noite para gozar. Esta noite os espíritos dos mortos estão fora falando em línguas estranhas. Aqueles que conseguem ouvir aprenderão. Ela está em casa esta noite.

Remei até sua casa, suavemente iluminada, e tive a esperança de aprisionar a visão de sua sombra, seu braço, algum sinal. Ela não estava visível, mas eu podia imaginá-la sentada, lendo, um copo de vinho a seu lado. Seu marido estaria no escritório, absorto com algum tesouro novo e fabuloso. Os paradeiros da Cruz ou os túneis secretos que levam ao centro da Terra onde os dragões de fogo estão.

Parei em sua comporta e subindo pela grade olhei pela janela. Ela estava sozinha. Não lendo mas olhando as palmas de suas mãos. Nós comparáramos as mãos uma vez, as minhas cheias de linhas e as dela, apesar de estarem no mundo há mais tempo, tendo a inocência de uma criança. O que ela estava tentando ver? Seu futuro? Outro ano? Ou tentava perceber o sentido de seu passado? Para compreender como o passado levara ao presente. Estava ela buscando a linha de seu desejo por mim?

Eu já ia bater em sua janela quando seu marido entrou na sala, surpreendendo-a. Ele beijou-lhe a testa e ela sorriu. Observei-os juntos e vi mais naquele momento do que teria conseguido apreender durante todo o ano seguinte. Eles não viviam na fornalha feroz que ela e eu habitávamos, mas tinham uma calma e um jeito que enfiaram uma faca em meu coração.

Tremi de frio, me dando conta de repente de que estava em pleno ar à altura de dois andares. Até uma apaixonada de vez em quando tem medo.

O grande relógio na Piazza bateu 15 para a meia-noite. Corri para meu barco e remei até a laguna sem sentir mãos ou pés. Naquela calma, naquela quietude, pensei no meu futuro e que futuro poderia haver me encontrando com ela em cafés e sempre me vestindo cedo demais. O coração é tão facilmente trapaceado, crendo que o sol pode nascer duas vezes ou que as rosas florescem porque assim o queremos.

Nessa cidade encantada todas as coisas parecem possíveis. O tempo pára. Os corações batem. As leis do mundo real são suspensas. Deus se senta no telhado e faz pouco do Diabo e o Diabo cutuca Nosso Senhor com seu rabo. Sempre foi assim. Eles dizem que os barqueiros têm pé de pato e um mendigo diz que viu um jovem andar sobre a água.

Se você me deixar, meu coração vai virar água e inundar tudo.

Os mouros do grande relógio balançam seus martelos e batem cada um na sua vez. Logo a Praça vai ser uma correria de corpos, suas respirações quentes subindo e formando pequenas nuvens sobre as cabeças. Minha respiração precipita-se a minha frente como o fogo do dragão. Da água, os ancestrais clamam e em São Marcos o órgão começa. Entre o congelamento e a liquefação. Entre o amor e o desespero. Entre o medo e o sexo, a paixão está. Meus remos ficam parados na água. É dia de Ano-novo, 1805.

Três

O Inverno Zero

Não existe tal coisa como uma vitória limitada. Toda vitória deixa algum ressentimento, algum povo derrotado e humilhado. Um outro lugar para guardar e defender e recear. O que aprendi sobre a guerra nos anos antes de chegar a este lugar desolado foram coisas que qualquer criança poderia ter me dito.

— Você vai matar gente, Henri?

— Gente, não, Louise, só o inimigo.

— O que é inimigo?

— Alguém que não está do seu lado.

Ninguém está do seu lado quando você é o conquistador. Seus inimigos tomam mais espaço do que seus amigos. Podiam tantas vidas perfeitamente comuns virar de repente homens a serem mortos e mulheres a serem estupradas? Austríacos, prussianos, italianos, espanhóis, egípcios, ingleses, poloneses, russos. Esses eram os povos que eram ou nossos inimigos ou nossos dependentes. Havia outros, mas a lista é longa demais.

Nunca chegamos a invadir a Inglaterra. Marchamos para fora de Boulogne deixando nossas chatas enferrujar e, em vez disso, lutamos contra a Terceira Coalizão. Lutamos em Ulm e Austerlitz. Eylau e Friedland. Lutamos sem rações, nossas botas caindo aos pedaços, dormindo duas ou três horas por noite, e morremos aos milhares todos os dias. Dois anos mais tarde Bonaparte estava de pé numa barca no meio de um rio abraçando o Czar e dizendo que nunca mais teríamos que lutar. *Eram os ingleses no nosso caminho e com a Rússia do nosso lado os ingleses teriam que nos deixar em paz.* Chega de coalizões, chega de marchar. Pão quente e os campos da França.

Nós acreditávamos nele. Sempre acreditamos.

Perdi um olho em Austerlitz. Dominó foi ferido e Patrick, que ainda está conosco, nunca viu muita coisa depois da segunda garrafa. Isso deveria ter sido o suficiente. Eu deveria ter desaparecido como fazem os soldados. Tomando um outro nome, abrindo um negócio em um vilarejo, me casando talvez.

Eu não esperava vir para cá. A vista é boa e as gaivotas pegam pão na minha janela. Um dos outros aqui cozinha gaivotas, mas somente no inverno. No verão elas são cheias de vermes.

Inverno.

O inimaginável inverno zero.

"Marcharemos até Moscou", disse ele quando o Czar o traiu. Não era sua intenção, queria uma campanha rápida. Um golpe na Rússia por ousar se pôr contra ele novamente. Pensava que podia sempre vencer as batalhas da maneira como sempre havia vencido as batalhas. Como um cachorro de circo ele imaginava que toda audiência iria sempre se maravilhar com seus truques, mas a platéia estava começando a se acostumar. Os russos nem se incomodaram de dar luta de verdade à Grande Armée, continuaram marchando, queimando aldeias atrás deles, não deixando nada de comer, nenhum lugar para dormir. Marcharam inverno adentro e nós os seguimos. Para dentro do inverno russo em nossos casacos de verão. Para dentro da neve com nossas botas coladas. Quando nossos cavalos morreram de frio cortamos suas barrigas e dormimos com nossos pés em suas tripas. O cavalo de um homem congelou em volta dele: de manhã quando tentou tirar os pés eles estavam presos, enterrados nas entranhas quebradiças. Não conseguimos libertá-lo, tivemos que deixá-lo. Ele não parava de gritar.

Bonaparte viajava de trenó, mandando ordens desesperadas ao longo das linhas, tentando fazer-nos superar os russos em pelo menos um lugar. Nós não superaríamos os russos. Mal podíamos andar.

As conseqüências de queimar as aldeias não eram somente nossas conseqüências: eram também do povo que vivia nelas. Camponeses cujas vidas corriam com o sol e com a lua. Como minha mãe e meu pai, eles aceitavam cada estação e aguardavam a colheita. Trabalhavam duro nas horas do dia e se confortavam com histórias da Bíblia e histórias da floresta. Suas florestas eram cheias de espíritos, alguns bons outros não, mas cada família tinha uma história feliz para contar: como o filho fora salvo ou a única vaca ressuscitada pela intervenção de algum espírito.

Eles chamavam o Czar de "paizinho" e o veneravam como veneravam a Deus. Em sua simplicidade, vi um espelho de meus anseios e compreendi pela primeira vez a minha própria necessidade de um paizinho, que me levara tão longe. Eles são um povo de fogão, felizes de passar a tranca na porta à noite e jantar sopa grossa e pão preto. Cantam canções para se protegerem da noite e, como nós, levam seus animais para a cozinha no inverno. No inverno o frio é demais para suportar e o solo é mais duro que uma lâmina de soldado. Eles só podem acender as lâmpadas e viver da comida do celeiro e do sonho da primavera.

Quando o exército incendiou suas aldeias, o povo ajudou a pôr fogo a suas próprias casas, a seus anos de trabalho e bom senso. Fizeram isso pelo paizinho. Puseram-se para fora no inverno zero e foram para suas mortes a sós e aos pares ou em famílias. Caminharam até os bosques e sentaram-se à beira dos rios congelados, não por muito tempo, o sangue logo esfria, mas por tempo bastante para que alguns deles ainda estivessem cantando quando passávamos. Suas vozes eram ouvidas no ar feroz e carregadas até nós através dos restolhos de suas casas.

Nós os matamos a todos sem dar um tiro. Rezei para que a neve caísse e os enterrasse para sempre. Quando cai a neve quase se pode acreditar que o mundo está limpo novamente.

Cada floco de neve é diferente? Ninguém sabe.

Tenho que parar de escrever agora. Tenho que me exercitar. Eles esperam que você faça seus exercícios à mesma hora todo dia, senão começam a se preocupar com sua saúde. Gostam de nos manter saudáveis aqui de maneira que quando os visitantes cheguem possam partir satisfeitos. Espero ter visitantes hoje.

Ver meus companheiros morrer não foi o pior dessa guerra, o pior foi vê-los viver. Eu já tinha ouvido histórias sobre o corpo humano e a mente humana, as condições às quais conseguem se adaptar, as maneiras que escolhem para sobreviver. Ouvira histórias de gente que se queimou no sol e outra pele cresceu, grossa e preta como cobertura de mingau que cozinhou tempo demais. Outros que aprenderam a não dormir para não serem comidos por animais selvagens. O corpo se agarra à vida a qualquer custo. Até se come. Quando não há comida, torna-se canibal e devora a própria gordura, depois os músculos e os ossos. Vi soldados, loucos de fome e frio, cortarem os próprios braços e cozinhá-los. Até onde se pode ir com a mutilação? Ambos os braços. Ambas as pernas. Orelhas. Pedaços do tronco. Você pode se automutilar até o final e deixar o coração batendo em seu palácio saqueado.

Não. Pegue o coração primeiro. Aí você não sente tanto frio. Tanta dor. Sem o coração, não há razão para a mão ficar. Seus olhos podem olhar a morte e não tremer. É o coração que nos trai, nos faz chorar, nos faz enterrar os amigos quando deveríamos continuar marchando. É o coração que nos adoece à noite e nos faz odiar quem somos. É o coração que canta velhas canções e traz memórias de dias quentes e nos faz tremer diante de mais um quilômetro, uma outra aldeia calcinada.

Para sobreviver ao inverno zero e àquela guerra fizemos uma pira de nossos corações e os pusemos de lado para sempre. Não há penhor para o coração. Não se pode tirá-lo e deixá-lo por um tempo em um pano limpo para depois resgatá-lo em tempos melhores.

Não se pode dar sentido à paixão pela vida em face da morte, só se pode abrir mão da paixão. Somente então se pode começar a sobreviver.

E se você se recusar?

Se você sofresse por cada homem que assassinou, cada vida que partiu em duas, cada lenta e dolorosa colheita que destruiu, cada criança cujo futuro roubou, a loucura laçaria o seu pescoço e o levaria para os bosques escuros onde os rios estão poluídos e os pássaros não cantam.

Quando digo que vivi com homens sem coração, uso a palavra corretamente.

À medida que passavam as semanas, começamos a falar em voltar para casa e casa deixou de ser um lugar em que brigamos tanto quanto amamos. Deixou de ser um lugar onde o fogo se apaga e geralmente há um trabalho desagradável para fazer. Casa virou o foco da alegria e do sentido. Começamos a acreditar que estávamos lutando essa guerra a fim de voltar para casa. Para manter a casa segura, para manter a casa como começamos a imaginá-la. Agora que nossos corações não existiam mais não havia um órgão confiável para represar a onda permanente de sentimento que se agarrava a nossas baionetas e alimentava nossas fogueiras úmidas. Não havia no que não acreditássemos ser capaz de nos levar adiante: Deus estava do nosso lado, os russos eram demônios. Nossas mulheres dependiam dessa guerra. A França dependia dessa guerra. Não havia alternativa à guerra.

E a mentira mais grossa? Que podíamos voltar para casa e retomar de onde havíamos deixado. Que nossos corações estariam esperando atrás da porta com o cachorro.

Nem todos os homens são tão afortunados quanto Ulisses.

A esperança que nos sustentava à medida que caíam as temperaturas e desistíamos de conversar era alcançar Moscou. A grande cidade onde haveria alimento e aquecimento e amigos. Bonaparte tinha certeza da paz uma vez que desfechássemos um golpe decisivo. Ele já estava escrevendo cartas de rendição, preenchendo o espaço com humilhações e deixando lugar somente para o Czar assinar. Parecia achar que estávamos vencendo quando o máximo que fazíamos era correr atrás. Mas ele tinha peles para manter seu sangue otimista.

Moscou é uma cidade de domos, construída para ser bela, uma cidade de praças e veneração. De fato eu a vi, brevemente. Os domos de ouro iluminados de amarelo e laranja e o povo longe.

Puseram fogo nela. Mesmo quando Bonaparte chegou, dias antes do resto do exército, ela estava ardendo e continuou ardendo. Era uma cidade difícil de arder.

Acampamos longe das chamas e eu o servi naquela noite uma galinha magra coberta de salsa que o cozinheiro guarda no capacete de um morto. Acho que foi naquela noite que eu soube que não conseguiria ficar mais. Acho que foi naquela noite que comecei a odiá-lo.

Eu não sabia o que era o ódio, não o ódio que vem depois do amor. É imenso e desesperado e deseja que lhe provem que é errado. E a cada dia que se prova certo fica um pouco mais monstruoso. Se o amor era paixão, o ódio será obsessão. Uma necessidade de ver o ex-amado fraco e acovardado e para além da piedade. Perto do desgosto e longe da dignidade. O ódio não se dirige somente ao ex-amado, mas também a si mesmo: como se pôde um dia amar aquilo?

Quando Patrick chegou alguns dias mais tarde procurei-o no frio inclemente e o encontrei enrolado em sacos com uma garrafa de algum líquido sem cor ao lado dele. Ainda era sentinela, dessa vez procurando movimentos de surpresa do inimigo, mas nunca estava sóbrio e nem todas as suas observações eram tomadas a sério. Ele balançou a garrafa na minha frente e disse que a conseguira em troca de uma vida. Um camponês implorou-lhe ser deixado para morrer com sua família de maneira digna, todos juntos no frio, e ofereceu a garrafa a Patrick. Fosse o que fosse que havia ali derrubara seu humor. Cheirei aquilo. Tinha cheiro de velhice e feno. Comecei a chorar e minhas lágrimas caíram como diamantes.

Patrick pegou uma e me disse para não desperdiçar meu sal. Meditativamente, bebeu-a.

— Vai bem com essa aguardente, isso vai.

Existe uma história de uma Princesa exilada cujas lágrimas se transformavam em jóias à medida que ela caminhava. Um passarinho seguiu-a e apanhou todas as jóias e depositou-as na janela de um Príncipe sensível. O Príncipe varreu a terra até encontrar a Princesa e eles viveram felizes para sempre. O passarinho foi feito pássaro real e ganhou uma floresta de carvalho para viver, e um colar foi feito com as lágrimas da Princesa, não para ser usado, mas para ser olhado sempre que ela se sentisse infeliz. Quando olhava para o colar, ela se lembrava que não era infeliz.

— Patrick, vou desertar. Você vem comigo?

Ele riu.

— Agora posso estar só meio vivo, mas tenho certeza de que logo estarei inteiramente morto se me lançar por essa vastidão com você.

Não tentei convencê-lo. Sentamos juntos partilhando os sacos e a aguardente e sonhamos sonhos separados.

Será que Dominó viria?

Ele não falava muito desde seu ferimento, que explodira todo um lado de seu rosto. Usava um pano amarrado em volta da cabeça cobrindo as feridas para segurar o sangramento. Se ficasse muito tempo no frio, as cicatrizes abririam enchendo sua boca de sangue e pus. O médico explicou isso a ele: alguma coisa que tinha a ver com septicemia depois que Dominó foi todo costurado. O médico deu de ombros. Era uma batalha, fizera tudo que podia mas o que podia ele com braços e pernas para todo lado e nada além de conhaque de uva para diminuir a dor e aplacar as feridas? Soldados feridos demais, era melhor que morressem. Dominó foi enfiado no trenó de Bonaparte na barraca grosseira onde ficava guardado e ele dormiu. Tinha sorte, cuidando do equipamento de Bonaparte assim como eu tinha sorte trabalhando na cozinha dos oficiais. Éramos os dois mais bem alimentados e aquecidos do que qualquer outro. Falando assim dá até a idéia de aconchego...

Evitamos as piores devastações por gangrena causada pelo gelo e conseguíamos comer todos os dias. Mas lona e batatas não desafiam o inverno zero: se faziam alguma coisa era nos privar do feliz esquecimento que vem com a morte pelo frio. Quando os soldados finalmente se deitam, sabendo que não vão se levantar de novo, a maioria sorri. Há um conforto em adormecer na neve.

Ele parecia doente.

— Vou desertar, Dominó. Você vem comigo?

Ele não conseguia falar naquele dia, a dor era demais, mas escreveu na neve que ainda estava macia na barraca.

LOUCO.

— Não estou louco, Dominó, você ri de mim desde que me alistei. Oito anos rindo de mim. Leve-me a sério.

Ele escreveu: POR QUÊ?

— Porque não consigo ficar aqui. Essas guerras não vão acabar. Mesmo se voltarmos para casa, haverá outra guerra. Eu pensava que ele acabaria com todas as guerras para sempre, foi o que prometeu. Uma a mais, disse ele, uma a mais e depois haverá paz e sempre teve uma a mais. Quero parar agora.

Ele escreveu: FUTURO. E riscou.

O que ele quis dizer? O futuro dele? O meu futuro? Lembrei daqueles dias salgados do mar quando o sol amarelava a grama e os homens se casavam com sereias. Comecei meu pequeno livro naquela época, esse que ainda tenho, e Dominó se virou e disse que o futuro era um sonho. *Só existe o presente, Henri.*

Ele nunca falou do que queria fazer, para onde estava indo, nunca se juntou às conversas sem rumo que se agrupavam em torno da idéia de algo melhor em um outro tempo. Não acreditava no futuro, somente no presente, e à medida que nosso futuro, nossos anos tão irremediavelmente se transformaram em idênticos presentes, passei a compreendê-lo melhor. Oito anos se passaram e eu ainda estava na guerra, cozinhando galinhas, esperando para ir para casa de vez. Oito anos falando sobre o futuro e vendo-o se transformar no presente. Anos pensando "mais um ano e estarei fazendo alguma coisa diferente", e mais um ano fazendo exatamente a mesma coisa.

Futuro. Riscado.

É o que faz a guerra.

Não quero mais venerá-lo. Quero cometer meus próprios erros. Quero morrer no meu tempo.

Dominó estava me olhando. A neve já cobrira suas palavras.

Ele escreveu: VAI.

Sua boca não podia sorrir mas seus olhos estavam brilhantes, e pulando da velha maneira, da maneira como pulava para apanhar maçãs na mais alta das árvores, ele arrancou um pingente de gelo da lona enegrecida e me entregou.

Era lindo. Formado pelo frio e brilhante no centro. Olhei de novo. Havia algo dentro dele, correndo no meio de cima a baixo. Era uma peça fina de ouro que Dominó usava em volta do pescoço. Ele o chamava de seu talismã. O que fizera ele com aquilo e por que o estava dando para mim?

Gesticulando ele me fez entender que não podia mais usá-lo em volta do pescoço por causa das feridas. Ele o limpara e o pusera fora de vista e esta manhã o encontrara assim envolto pelo gelo.

Um milagre comum.

Tentei devolvê-lo, mas ele me empurrou até eu concordar e dizer que o penduraria em meu cinto quando fosse embora.

Acho que eu sabia que ele não viria. Ele não abandonaria os cavalos. Eles eram o presente.

Quando voltei para a barraca da cozinha, Patrick estava me esperando com uma mulher que eu nunca tinha visto. Era uma *vivandière*. Restava apenas um punhado delas, que era estritamente para os oficiais. Os dois estavam escarafunchando coxas de galinha e me ofereceram uma.

— Acalme-se — disse Patrick vendo meu horror —, estas não pertencem a Nosso Senhor, nossa amiga aqui deu com elas e quando vim procurar você, ela já estava aqui cozinhando.

— Onde as conseguiu?

— Fodi para ganhá-las, os russos têm montões e ainda tem montões de russos em Moscou.

Corei e resmunguei qualquer coisa acerca de os russos terem fugido.

Ela riu e disse que os russos sabiam se esconder sob os flocos de neve. E depois disse:

— Eles são todos diferentes.

— O quê?

— Os flocos de neve. Pense nisso.

Pensei nisso e me apaixonei por ela.

Quando eu disse que estava partindo naquela noite ela me perguntou se poderia vir comigo.

— Posso ajudá-lo.

Eu a teria levado mesmo que ela fosse manca.

— Se vocês dois estão indo — disse Patrick, bebendo a última gota de sua aguardente danada —, eu vou também. Não estou a fim de ficar aqui sozinho.

Dei para trás e por um momento me consumi de ciúme. Talvez Patrick a amasse? Talvez ela o amasse?

Amor. No meio do inverno zero. Qual era minha idéia?

Embalamos o resto da comida dela e um bocado da de Bonaparte.

Ele confiava em mim e eu nunca lhe dera razão para não confiar.

Bem, até os grandes homens podem ser surpreendidos.

Levamos o que havia e ela retornou embrulhada numa imensa pele, outro suvenir de Moscou. Ao partirmos, dei uma passada na barraca de Dominó e deixei para ele o máximo de comida que eu ousava renunciar e rabisquei meu nome no gelo sobre o trenó.

Então partimos.

Andamos por uma noite e um dia sem parar. Nossas pernas ganharam um ritmo desajeitado mas tínhamos medo de parar e nossos pulmões e nossas pernas se dobrarem sob nós. Não falávamos, cobrimos nossas bocas e narizes bem apertados e deixamos nossos olhos de fora como fendas. Não havia neve fresca. O solo duro tinia sob nossos tacões.

Lembrei-me de uma mulher com um bebê, seus saltos faiscando o calçamento.

— Feliz Ano-novo, soldado.

Por que todas as memórias felizes parecem ontem embora anos tenham se passado?

Caminhávamos na direção de onde viéramos, usando as aldeias carbonizadas como medonha sinalização, mas nosso progresso era lento e receávamos pegar diretamente as estradas por medo dos soldados russos ou de alguns de nosso próprio exército, famintos e desesperados. Amotinados, ou traidores como eram comumente chamados, não encontravam leniência e nem lhes era dada oportunidade de pedir desculpas. Acampávamos onde encontrávamos alguma proteção natural e nos abraçávamos para nos aquecer. Eu queria tocá-la, mas seu corpo estava todo coberto e minhas mãos enluvadas.

Na sétima noite, saindo da floresta, encontramos uma choupana cheia de mosquetes primitivos, supusemos que fosse um depósito de munição das tropas russas, mas não havia ninguém. Estávamos exaustos e arriscamos ali a nossa sorte, usando restos de pólvora dos barris para acender uma fogueira. Era a primeira noite em que tínhamos proteção suficiente para tirar nossas botas e Patrick e eu fomos logo esticar nossos dedos dos pés perto das chamas, arriscando arrumar uma ferida incurável.

Nossa companheira afrouxou as fitas da roupa mas permaneceu calçada, e vendo minha surpresa por dispensar esse luxo inesperado disse:

— Meu pai era um barqueiro. Barqueiros não tiram suas botas.

Ficamos em silêncio, fosse por respeito a seus costumes ou por pura exaustão, mas foi ela que se ofereceu para contar sua história se quiséssemos ouvir.

— Uma fogueira e uma história — disse Patrick. — Agora tudo de que precisamos é de uma gota de algo quente — e sondou no fundo de seus bolsos insondáveis por mais outra garrafa arrolhada com a aguardente do mal.

Essa era sua história.

Sempre fui uma jogadora. É uma habilidade que me vem naturalmente assim como roubar e amar. O que eu não sabia por instinto peguei trabalhando no Cassino, olhando os outros jogar e aprendendo o que tem valor para as pessoas e portanto o que estão dispostas a arriscar. Aprendi a apresentar um desafio de tal maneira que ele se tornasse irresistível. Jogamos com a esperança de ganhar, mas é a idéia do que podemos perder que nos excita.

Como você joga é uma questão de temperamento: carteado, dados, dominós, apostas, essas preferências são meros detalhes. Todos os jogadores têm que suar. Venho da cidade do azar, onde tudo é possível mas tudo tem um preço. Nessa cidade grandes fortunas são ganhas e perdidas da noite para o dia. Sempre foi assim. Navios carregados de sedas e especiarias afundam, o criado trai o patrão, o segredo é revelado e os sinos repicam por mais uma morte acidental. Mas aventureiros sem um tostão também sempre foram bem-vindos por lá, trazem boa sorte e muito freqüentemente a sorte deles os trai. Alguns que chegam a pé partem montados e outros que trombeteavam suas riquezas acabam esmolando no Rialto. Sempre foi assim.

O jogador astuto sempre guarda um trunfo, algo para jogar em outra ocasião: um relógio de bolso, um cão de caça. Mas o jogador do Demônio guarda algo precioso, algo com que se joga apenas uma vez na vida. Atrás de um painel secreto, guarda-a, a coisa valiosa, fabulosa, que ninguém suspeita que ele tem.

Conheci um homem assim: não um bêbado atrás de cada aposta nem um viciado que prefere tirar a roupa a ir para casa. Um homem ponderado de quem diziam comerciar com o ouro e a morte. Ele perdia pesadamente, como perdem os jogadores; ele ganhava surpreendentemente, como ganham os jogadores, mas nunca mostrava muita emoção, nunca me deixou suspeitar que algo muito importante estivesse em jogo. Um amador, pensei, desdenhando-o. Veja, gosto da paixão, gosto de estar entre os desesperados.

Eu estava errada desdenhando dele. Ele estava esperando pela aposta que o seduziria a arriscar o que mais prezava. Era um verdadeiro jogador, preparado para apostar a coisa valiosa, fabulosa mas não um cachorro ou um galo ou um dado qualquer.

Numa noite sossegada, quando as mesas estavam meio vazias e os jogos de dominó guardados nas caixas, ele estava por ali, vagando, se alvoroçando, bebendo e flertando.

Eu estava entediada.

Então entrou um homem na sala, não um cliente assíduo, não alguém que conhecêssemos, e depois de uns tantos mornos jogos de azar ele viu essa figura e entabulou uma conversa. Conversaram por mais de meia hora e tão intensamente que achamos que eram velhos amigos e perdemos a curiosidade na suposição do hábito. Mas o ricaço, com o companheiro estranhamente curvado a seu lado, pediu licença para fazer um anúncio, a mais notável aposta, e abrimos o centro do salão para deixá-lo falar.

Parecia que seu companheiro, esse estranho, viera das vastidões do Levante, onde se criam exóticos lagartos e onde tudo é incomum. Em seu país, nenhum homem se importava com fortunas insignificantes na mesa de jogo, eles disputavam apostas mais altas.

Uma vida.

A aposta era uma vida. O vencedor levaria a vida do perdedor da maneira que escolhesse. Tão lentamente quanto quisesse, com quaisquer instrumentos. O que era certo é que somente uma vida restaria.

Nosso amigo rico estava claramente excitado. Seus olhos iam dos rostos e mesas das salas de jogos até um espaço que não podíamos habitar: até o espaço da dor e da perda. O que lhe importava que pudesse perder fortunas?

Ele tinha fortunas para perder.

O que lhe importava que pudesse perder amantes?

Havia muitas mulheres.

O que lhe importava que pudesse perder sua vida?

Ele tinha uma vida. Ele a prezava.

Houve quem naquela noite lhe implorasse para não ir adiante com aquilo, gente que via um aspecto sinistro no velho desconhecido, gente que talvez receasse que lhes fizesse a mesma oferta e tivessem que recusar.

O que você arrisca revela o que você valoriza.

Esses eram os termos.

Um jogo de três.

O primeiro, a roleta, em que somente a sorte é rainha.

O segundo, as cartas, em que a habilidade tem a sua parte.

O terceiro, os dominós, em que a habilidade é suprema e a sorte está lá disfarçada.

Vestirá ela suas cores?

Essa é a cidade dos disfarces.

Os termos foram combinados e estritamente supervisionados. O vencedor ganhava dois de três ou no caso de algum observador gritar Não!, uma partida de desempate, escolhida ao azar, pelo gerente do Cassino.

Os termos pareciam justos. Mais que justos nesse mundo de trapaças, mas havia quem ficasse pouco à vontade a respeito do desconhecido, por mais modesto e pouco ameaçador que parecesse.

Se o Diabo jogasse dados, será que ele viria assim?

Viria assim tão quieto e cochicharia em nosso ouvido?

Se viesse como um anjo de luz, ficaríamos imediatamente de guarda.

A palavra foi dada: joguem.

Bebemos ao longo do primeiro jogo, vendo o vermelho e o preto rodar sob nossas mãos, vendo a faixa brilhante da bola de metal com um número, depois outro, inocentes da vitória ou da derrota. Primeiro pareceu que nosso amigo rico ganharia, mas no último momento a bola pulou de sua casa e girou de novo com aquele som que diminui doentiamente marcando a última mudança possível.

A roda descansou.

O estranho é que era amado pela sorte.

Houve um momento de silêncio, esperamos algum sinal, alguma preocupação de um lado, alguma satisfação de outro, mas com rostos de cera, os dois homens se levantaram e andaram até a baeta do otimismo. As cartas. Nenhum homem sabe o que vai receber. Um homem tem que confiar em sua mão.

Suave carteado. Eles estavam acostumados.

Jogaram por talvez uma hora e nós bebemos. Bebemos para manter úmidos nossos lábios, nossos lábios que secavam toda vez que uma carta caía e o estranho parecia fadado à vitória. Havia um bizarro sentimento na sala de que o estranho não deveria vencer, que por tudo ele deveria perder. Desejávamos que nosso amigo rico soldasse sua inteligência com a sorte e ele assim o fez.

No carteado, ele venceu e os dois ficaram empatados.

Os dois homens se encararam por um momento antes de se sentarem diante dos dominós e em cada rosto havia alguma coisa do outro. Nosso amigo rico assumira uma expressão mais calculista, enquanto o rosto de seu desafiador estava mais pensativo, menos lupino que antes.

Ficou claro desde o início que também nesse jogo eles eram páreo. Jogavam com destreza, avaliando os intervalos e os números, fazendo cálculos meteóricos, um atrapalhando o outro o tempo todo. Paráramos de beber. Não havia som ou movimento a não ser pelo estalar dos dominós no tampo de mármore da mesa.

Passava de meia-noite. Ouvi a água batendo nas pedras embaixo. Ouvi a saliva em minha garganta. Ouvi os dominós estalando na mesa de mármore.

Não havia mais dominós. Nenhum intervalo.

O estranho vencera.

Os dois homens se levantaram simultaneamente, apertaram-se as mãos. Depois o homem rico pôs as mãos no mármore, e vimos que estavam tremendo. Finas mãos tratadas que estavam tremendo. O estranho notou e com um sorrisinho sugeriu que completássemos os termos da aposta.

Nenhum de nós protestou, nenhum de nós tentou detê-lo. Queríamos que isso acontecesse? Tínhamos esperança de que uma vida substituísse muitas?

Não sei nossos motivos, sei somente que permanecemos em silêncio.

Essa era a morte: desmembrar peça a peça começando pelas mãos.

O homem rico meneou a cabeça quase imperceptivelmente e, curvando-se à nossa frente, saiu em companhia do estranho. Não ouvimos mais nada, não os vimos mais, mas um dia, meses depois, quando já nos confortávamos com a idéia de que fora tudo uma brincadeira, que eles haviam se despedido na esquina, fora de nossa vista, tendo se proporcionado um ao outro a experiência do terror, nada mais, recebemos um par de mãos, manicuradas e bastante brancas, engastadas numa baeta verde de uma caixa de vidro. Entre o indicador e o polegar da esquerda havia uma bola de roleta e entre o indicador e o polegar da direita, um dominó.

O gerente pendurou a caixa na parede e lá ela está hoje.

Eu disse que atrás do painel secreto descansa uma coisa valiosa, fabulosa. Nem sempre temos consciência disso, nem sempre sabemos o que é que escondemos dos olhos bisbilhoteiros ou que os olhos bisbilhoteiros possam às vezes ser os nossos.

Houve uma noite, oito anos atrás, quando a mão que me pegou de surpresa puxou a cortina do painel secreto e revelou-me o que era que eu guardava para mim.

Meu coração é um órgão confiável, como poderia ser meu coração? Meu cotidiano coração trabalhador que ria da vida e nunca me traía. Já vi bonecas do Oriente que se encaixam uma dentro da outra, uma ocultando a outra, e por isso sei que o coração pode se esconder.

Foi um jogo de azar em que entrei e meu coração era a aposta. Jogos assim podem ser jogados somente uma vez.

Seria melhor que não se jogassem esses jogos.

Foi uma mulher que amei e vocês hão de admitir que isso não é tão comum. Estive com ela por apenas cinco meses. Tivemos nove noites juntas e nunca mais a vi. Vocês hão de admitir que isso não é tão comum.

Sempre preferi as cartas aos dados de maneira que não deveria me surpreender que eu tirasse uma carta coringa.

A Dama de espadas.

Ela vivia simples e elegantemente e seu marido às vezes era convocado para examinar uma nova raridade (ele negociava com livros e mapas); ele foi convocado logo em seguida ao nosso encontro. Por nove dias e noites ficamos em sua casa, sem nunca abrir a porta, sem nunca olhar pela janela.

Ficávamos nuas e não sentíamos vergonha.

E éramos felizes.

No nono dia fui deixada sozinha por um tempo porque ela deveria atender a algumas necessidades domésticas antes do retorno do marido. Naquele dia a chuva bateu contra as janelas e encheu os canais embaixo, revolvendo o lixo que descansa sob a superfície, o lixo que alimenta os ratos e os exilados em seus labirintos escuros. Era o começo do Ano-novo. Ela me dissera que me amava. Nunca duvidei de sua palavra porque podia sentir o quanto era verdadeira. Quando ela me tocava, eu sabia que era amada e com uma paixão que nunca sentira. Não em outro e não em mim mesma.

O amor é uma moda hoje em dia e nessa cidade da moda sabemos como fazer pouco do amor e como manter nossos corações ao largo. Sempre me vi como uma mulher civilizada e me descobri uma selvagem. Quando pensava em perdê-la, eu queria afogar nós duas em algum lugar isolado antes de me sentir uma besta-fera sem amigos.

Na nona noite, comemos e bebemos como sempre a sós na casa, os criados dispensados. Ela gostava de fazer omeletes com ervas, e nós as comíamos acompanhadas de rabanetes picantes comprados com um verdureiro. Ocasionalmente, nossa conversa falhava e eu via o amanhã em seus olhos. O amanhã quando nos separaríamos e retomaríamos nossa vida de estranhos encontros em lugares pouco familiares. Havia um café ao qual íamos com freqüência, cheio de estudantes de Pádua e artistas em busca de inspiração. Ela não era conhecida ali. Seus amigos não viriam a descobri-la. Assim nos encontráramos e nos encontrávamos também nas horas que não nos pertenciam, até esse presente de nove noites.

Não encontrei sua tristeza: era pesada demais.

Não tem sentido amar alguém com quem não se pode despertar a não ser por acaso.

O jogador é movido pela esperança de ganhar, fica excitado pelo medo de perder e quando ganha acredita que sua sorte está lá, que ele ganhará de novo.

Se nove noites foram possíveis por que não dez?

Assim vai e as semanas passam à espera da décima noite, à espera de ganhar de novo e o tempo todo perdendo pouco a pouco aquela coisa valiosa fabulosa que não pode ser substituída.

O marido dela só negociava com o que era único, ele nunca comprou um tesouro que outra pessoa pudesse ter.

Será que ele compraria meu coração e o daria a ela?

Eu já o havia apostado por nove noites. Na manhã em que parti não disse que não a veria de novo. Simplesmente não fiz planos. Ela não me pressionou para fazê-los, costumava dizer que à medida que envelhecia aceitava o que a vida lhe oferecia mas não esperava muito.

Então fui.

Toda vez que eu ficava tentada a procurá-la em vez disso ia para o Cassino e observava algum tolo se humilhando nas mesas. Eu poderia jogar mais uma noite, me diminuir um pouco mais, mas depois da décima noite viria a décima primeira e a décima segunda e por aí adentro no espaço silencioso que é a dor de nunca ter bastante. O espaço silencioso cheio de crianças famintas. Ela amava o marido dela.

Decidi me casar.

Havia um homem que me queria fazia algum tempo, um homem que eu rejeitara, xingara. Um homem que eu desprezava. Um homem rico com dedos gordos. Ele gostava quando eu me vestia de garoto. Gosto de me vestir de garoto de vez em quando. Tínhamos isso em comum.

Ele ia ao Cassino todas as noites, fazendo apostas altas mas sem arriscar nada precioso demais. Não era bobo. Ele me agarrou com suas mãos terríveis, com pontas dos dedos que davam a sensação de bolhas estourando, e me perguntou se eu mudara de idéia quanto a seu oferecimento. Poderíamos viajar o mundo ele disse. Somente nós três. Ele, eu e meu enchimento.

A cidade de onde venho é uma cidade mutável. Não é sempre do mesmo tamanho. Ruas aparecem e desaparecem do dia para a noite, novos canais se impõem sobre a terra seca. Há dias em que não se pode andar de uma ponta à outra, tão longa é a viagem, e há dias em que num passeio se dá uma volta ao reino como se você estivesse calçando uma bota de sete léguas.

Eu começara a achar que essa cidade continha somente duas pessoas que se percebiam e nunca se encontravam. Sempre que eu saía esperava e temia encontrar a outra. Nos rostos dos estranhos eu via só um rosto e no espelho via o meu próprio.

O mundo.

O mundo seguramente é amplo o bastante para eu andar sem medo.

Casamos sem uma cerimônia e partimos imediatamente para a França, a Espanha, até Constantinopla. Ele honrou sua palavra nesse aspecto e bebi meu café em um lugar diferente a cada mês.

Havia, numa certa cidade onde o clima era ameno, um jovem judeu que gostava de tomar seu café nos bares das calçadas olhando o mundo passar. Ele via marinheiros e viajantes e mulheres com cisnes no cabelo e todo tipo de distrações interessantes.

Um dia ele viu uma jovem passar voando, suas roupas voando atrás dela.

Ela era linda e porque ele sabia que a beleza nos faz bons pediu-lhe que parasse um pouco e dividisse um café.

— Estou fugindo — ela disse.

— De quem você está fugindo?

— De mim mesma.

Mas concordou em sentar um pouco porque estava se sentindo só.

O nome dele era Salvadore.

Eles conversaram sobre as cadeias de montanhas e a ópera. Conversaram sobre animais com pelagens de metal que podem nadar ao longo de um rio sem vir à superfície respirar. Conversaram sobre a coisa valiosa, fabulosa que todo mundo tem e mantém em segredo.

— Aqui — disse Salvadore —, veja isso — e tirou uma caixa esmaltada no exterior e delicadamente forrada no interior, e dentro estava seu coração.

— Dê-me o seu em troca.

Mas ela não podia porque não estava viajando com seu coração, ele estava batendo em outro lugar.

Ela agradeceu ao jovem e voltou para o marido, cujas mãos agarraram seu corpo como caranguejos.

E o jovem pensou muitas vezes numa linda mulher naquele dia de sol quando o vento impulsionou seus brincos como barbatanas.

Viajamos por dois anos, depois roubei seu relógio e todo o dinheiro que encontrei com ele e o deixei. Eu me vesti de garoto para não ser identificada, e enquanto ele roncava seu vinho tinto e a melhor parte de um ganso me perdi no escuro que sempre foi um amigo.

Consegui empregos estranhos em navios e em casas grandiosas, aprendi a falar cinco línguas e não vi a cidade de destino por outros três anos, depois peguei um navio de retorno para casa por capricho e porque eu queria meu coração de volta. Deveria ter sido mais esperta não arriscando minha sorte na cidade que encolhia. Ele logo me descobriu e sua fúria por ter sido roubado e abandonado não se abatera, apesar de já estar na época vivendo com outra mulher.

Um amigo dele, um homem sofisticado, sugeriu uma pequena aposta entre nós dois, uma maneira de resolver nossas diferenças. Deveríamos jogar cartas e se eu vencesse, teria minha liberdade de ir e vir como quisesse e dinheiro bastante para isso. Se eu perdesse, meu marido poderia fazer de mim o que quisesse, embora não devesse me molestar ou me matar.

Que escolha eu tinha?

Na época, eu achei que tinha jogado mal, mas mais tarde descobri por acaso que o baralho estava marcado, que a aposta tinha sido armada desde o início. Como contei a vocês, meu marido não era nenhum bobo.

Foi o Valete de copas que me pegou.

Quando perdi, pensei que ele me forçaria a voltar para casa e isso seria tudo, mas em vez disso, deixou-me esperando por três dias e depois me enviou uma mensagem dizendo que eu fosse encontrá-lo.

Ele estava com o amigo quando cheguei e um alto oficial, um francês que descobri ser o general Murat.

Esse oficial olhou-me de alto a baixo em minhas roupas de mulher e depois me pediu para vestir o meu disfarce. Estava todo admirado e, afastando-se de mim, sacou uma grande bolsa de seu equipamento e colocou-a entre si e meu marido.

— Esse é o preço que concordamos — disse.

E meu marido, seus dedos tremendo, contou.

Ele me vendera.

Eu deveria juntar-me ao exército, juntar-me aos generais para o prazer deles.

Era, Murat garantiu-me, uma grande honra.

Eles não me deram tempo para pegar meu coração, somente minha bagagem, mas lhes sou grata por isso: isso aqui não é lugar para um coração.

Ela calou-se. Patrick e eu, que não murmuráramos palavra nem nos movêramos a não ser para proteger nossos pés de chamuscar, nos sentíamos incapazes de falar. Foi ela que novamente quebrou o silêncio.

— Passem-me a danada da aguardente, uma história merece um prêmio.

Parecia despreocupada e as sombras que lhe cruzaram a face ao longo de toda a história haviam se dissipado, mas senti a minha história apenas começando.

Ela nunca me amaria.

Eu a encontrei tarde demais.

Eu queria lhe perguntar mais sobre sua cidade aquática que nunca é a mesma, para ver seus olhos se iluminarem de amor por algo senão de amor por mim, mas ela já estava espalhando suas peles e se arrumando para dormir. Cautelosamente, pus a mão em seu rosto e ela sorriu, lendo meus pensamentos.

— Quando terminarmos de atravessar essa neve, vou levá-lo à cidade dos disfarces e você encontrará algum que lhe caia bem.

Mais um. Já estou disfarçado nessas roupas de soldado. Quero ir para casa.

Durante a noite, enquanto dormíamos, a neve começou de novo. Não conseguimos abrir a porta de manhã, nem Patrick nem eu nem nós três juntos. Tivemos que partir a madeira onde ela havia rachado e porque ainda estou magrinho, fui o primeiro a cair de cara no barranco de neve mais alto que um homem.

Com minhas mãos comecei a cavar aquela intoxicante matéria mortal que me tenta a nela mergulhar para nunca mais sair. A neve não parece fria, não parece ter qualquer temperatura. E quando cai e você pega aqueles pedaços de nada em suas mãos, parece tão estranho que eles possam machucar alguém. Parece tão estranho que a simples multiplicação possa fazer essa diferença.

Talvez não. Até Bonaparte estava começando a aprender que os números contam. Nesse vasto país há quilômetros e homens e flocos de neve para muito além de nossos recursos.

Tirei minhas luvas para mantê-las secas e olhei minhas mãos mudarem do vermelho para o branco para um lindo azul-marinho onde as veias cresceram quase roxas, quase da cor de anêmonas. Eu podia sentir meus pulmões começando a congelar.

Em casa, na fazenda, a geada à meia-noite torna o solo mais brilhante e as estrelas mais duras. O frio lanha como um chicote, mas nunca faz frio a ponto de você se sentir congelando de dentro para fora. A ponto de o ar que você respira parecer estar pegando os fluidos e as névoas e transformando-os em lagos de gelo. Quando puxava a respiração parecia que eu estava sendo embalsamado.

Passei a maior parte da manhã limpando a neve para conseguir abrir a porta. Partimos com pólvora e um pouquinho de comida e tentamos traçar nosso caminho em direção à Polônia, ou o Ducado de Varsóvia como Napoleão a designava. Nosso plano era ir margeando as fronteiras, depois descer pela Áustria, cruzando o Danúbio em direção a Veneza ou Trieste se os portos estivessem bloqueados. Uma expedição de uns 2.000 quilômetros.

Villanelle era habilidosa com a bússola e o mapa: ela disse que essa era uma das vantagens de dormir com generais.

Progredíamos mais devagar do que o normal devido às tempestades de neve e poderíamos ter morrido em menos de duas semanas depois da partida se não fosse por um desvio que tivemos que fazer e que nos levou a um punhado de casas longe do campo de ação de nossos exércitos. Quando vimos a fumaça subindo à distância pensamos em mais um desolador sacrifício, mas Patrick jurou estar vendo telhados, não bombas, e tivemos que acreditar que não era um espírito mau que nos guiava. Se fosse uma aldeia em chamas, os soldados estariam pertinho de nós.

A conselho de Villanelle, fingimos ser poloneses. Ela falava essa língua tão bem quanto o russo e explicou aos aldeões desconfiados que havíamos sido capturados pelos franceses para servi-los mas tínhamos matado nossos guardas e escapado. Daí os uniformes, roubados para evitar a identificação. Quando os camponeses russos ouviram que nós havíamos matado alguns franceses, seus rostos se iluminaram de alegria e eles nos puseram para dentro de casa com promessas de comida e abrigo. Por eles, segundo a interpretação de Villanelle, soubemos que muito pouco do país fora poupado, que os incêndios abrangeram quase tudo. Suas próprias casas haviam escapado só porque ficavam muito remotas e principalmente porque um alto oficial russo se apaixonara pela filha do pastor de cabras. Uma improvável história de sedução que excitara o coração dele tanto quanto sua imaginação. Esse russo prometeu poupar a aldeia e realocou seus soldados de acordo com isso, e assim quando nós os franceses os seguimos também fomos por outro caminho.

O amor parece poder sobreviver até à guerra e ao inverno zero. Como as framboesas da neve, nosso anfitrião explicou, o amor é assim, e ele nos contou como essa delicada iguaria aparece sempre em fevereiro, seja qual for o clima, sejam quais forem as previsões. Ninguém sabe por que, quando os pinheiros estão secos nas raízes e os carneiros mais peludos têm que ficar nos abrigos, essas impossíveis frutinhas de estufa ainda crescem.

A filha do pastor de cabras era quase uma celebridade.

Villanelle fingira que eu e ela éramos casados e nos deram uma mesma cama para dormir, enquanto o pobre Patrick teve que dividir a outra com o filho deles, que era um idiota simpático. Na segunda manhã ouvimos gritos que vinham do celeiro onde Patrick estava e o encontramos com o filho, que era do tamanho de um boi, montado em suas costas. O menino tinha uma flauta doce e tocava melodias enquanto Patrick gemia embaixo dele. Não conseguimos movê-lo e só a mulher de nosso anfitrião que, espantando-o com seu pano, botou o menino para correr e chorar na neve. Um pouco mais tarde, ele se esgueirou e deitou-se ao pé da mãe, os olhos bem abertos, vendo.

— Ele é um bom menino — ela disse a Villanelle.

A história é que ao nascer ele havia sido visitado por um espírito que lhe ofereceu força ou inteligência. A mulher de nosso anfitrião deu de ombros. Para que inteligência com tanta cabra e ovelha para cuidar e tanta árvore para cortar? Agradeceram ao espírito e pediram que desse à criança muita força, e agora o filho deles, com apenas 14 anos, podia carregar cinco homens ou uma vaca sobre os ombros como se fosse um carneiro. Ele comia de um balde porque não havia prato grande o bastante para saciar seu apetite. E assim nas refeições sentávamos nós três com nossas cuias e o camponês e a mulher com seus pães duros e, no fim da mesa, o filho deles com os ombros bloqueando a janela e uma concha para pegar a comida do balde.

— Ele vai se casar? — Villanelle perguntou.

— Claro que vai — disse nosso anfitrião, surpreendido. — Que mulher não há de querer um homem tão forte para marido? Vamos encontrar alguém para ele quando chegar a hora.

Durante a noite fiquei acordado ao lado de Villanelle ouvindo sua respiração. Ela dormiu encolhida com as costas para mim e não deu qualquer sinal de que quisesse ser tocada. Toquei-a quando tive certeza de que estava adormecida. Corri minha mão ao longo de suas costas e me perguntei se todas as mulheres eram assim tão macias e tão firmes. Uma noite ela se virou de repente e me disse para fazer amor com ela.

— Não sei como.

— Então vou fazer amor com você.

Quando penso naquela noite, aqui neste lugar onde para sempre estarei, minhas mãos tremem e meus músculos doem. Perco toda a noção do dia ou da noite, perco a noção do meu trabalho, escrever esta história, tentando transmitir para você o que realmente aconteceu. Tentando não inventar demais. Penso nisso por engano, meus olhos borrando as palavras à minha frente, minha caneta levantando e permanecendo levantada, penso nisso horas a fio e no entanto é sempre o mesmo momento em meu pensamento. Seu cabelo quando ela se curvou sobre mim, vermelho com mechas de ouro, seu cabelo em meu rosto e peito, eu olhando para ela de baixo para cima através do cabelo. Ela deixou-o cair sobre mim e me senti como se estivesse deitado na longa relva, seguro.

Quando deixamos a aldeia, partimos com uma série de atalhos desenhados para nós em nosso mapa e mais comida do que eles deveriam ter doado. Senti culpa porque, à exceção de Villanelle, eles deveriam ter nos matado.

Aonde quer que fôssemos, encontrávamos homens e mulheres que odiavam os franceses. Homens e mulheres cujos futuros haviam sido decididos para eles. Não eram pessoas articuladas, eram pessoas da terra satisfeitas com pouco e zelosas em sua veneração às tradições e a Deus. Embora suas vidas não tivessem mudado muito, sentiam-se desrespeitadas porque seus líderes haviam sido desrespeitados, sentiam-se sem controle e não aceitavam os exércitos e os reis fantoches que Bonaparte deixara. Bonaparte sempre alegara saber o que era bom para um povo, saber como melhorar, como educar. Ele sabia: sempre fazia melhoramentos aonde quer que fosse, mas sempre esquecia que mesmo gente simples quer liberdade para cometer seus próprios erros.

Bonaparte não queria erros.

Na Polônia fingimos ser todos italianos e ganhamos a simpatia que uma raça ocupada sente por outra na mesma situação. Quando Villanelle revelou suas origens venezianas, as mãos foram às bocas e as mulheres pias fizeram o sinal-da-cruz. Veneza, a cidade de Satã. Será que era assim mesmo? E até os mais desaprovadores esgueiravam-se até ela e perguntavam se era verdade ou não que viviam lá 11.000 prostitutas todas mais ricas que os Reis?

Villanelle, que adorava contar histórias, dava pano para seus mais loucos sonhos. Dizia até que os gondoleiros tinham pé de pato, e enquanto Patrick e eu mal podíamos engolir nossas risadas, os poloneses arregalavam os olhos e um deles chegou a arriscar excomunhão sugerindo que talvez Cristo tenha sido capaz de andar sobre as águas graças ao mesmo acidente de nascença.

Quanto mais andávamos, mais ouvíamos sobre a Grande Armée, sobre quantos tinham morrido e eu passava mal por saber de tanto desperdício sem objetivo. Bonaparte dizia que uma noite em Paris com as putas substituiria cada um dos homens. Talvez, mas seriam necessários dezessete anos para eles crescerem.

Até os franceses estavam começando a se cansar. Até as mulheres sem ambição queriam mais da vida do que produzir meninos para serem mortos e meninas para crescer e produzir mais meninos. Estávamos nos exaurindo. Talleyrand escreveu ao Czar e disse: *O povo francês é civilizado, seu líder é que não é...*

Não somos particularmente civilizados, quisemos o que ele queria por um bom tempo. Quisemos glória e conquistas e escravos e elogios. Seu desejo ardeu por mais tempo do que o nosso simplesmente porque nunca pareceu que ele pagaria por isso com sua vida. Ele guardou sua coisa valiosa, fabulosa, atrás de um painel secreto até o último momento, mas nós, que tínhamos tão pouco além de nossas vidas, estávamos jogando tudo desde o início.

Ele viu o que sentíamos.

Ele refletiu sobre nossas perdas.

Ele tinha barracas e comida quando nós estávamos morrendo.

Ele estava tentando fundar uma dinastia. Nós estávamos lutando por nossas vidas.

Não existe vitória com limites. Uma conquista leva, inelutavelmente, a outra, para proteger o que já foi conquistado. Não encontramos amigos da França em nossa viagem, somente inimigos esmagados. Inimigos como você e eu com as mesmas esperanças e medos, nem bons nem maus. Tinham me ensinado a procurar monstros e demônios e só encontrei gente comum.

Mas as pessoas comuns também estavam à procura de demônios. Particularmente os austríacos acreditavam que os franceses eram brutos, merecedores de menos do que o desprezo. Ainda crendo que éramos italianos, foram generosos em demasia e de todas as maneiras comparavam-nos favoravelmente aos franceses. E se eu tivesse aberto mão de meu disfarce? O que aconteceria então, eu viraria um demônio diante de seus olhos? Temia que eles me cheirassem, que seus narizes, tão desdenhosos e cheios de ódio do mais leve bafejo a Bonaparte, pudessem imediatamente me detectar. Mas tudo indica que somos o que parecemos. Que loucura fazemos com nossos ódios quando podemos reconhecê-los somente nas mais óbvias circunstâncias.

Estávamos perto do Danúbio quando Patrick começou a se comportar de uma maneira estranha. Estávamos viajando fazia mais de dois meses e nos encontrávamos em um vale rodeado de florestas de pinheiros. Estávamos na base como formigas numa grande gaiola verde. Saboreávamos o momento agora que estávamos longe da neve e do pior do frio. Nosso moral estava alto: mais umas duas semanas talvez e chegaríamos à Itália. Patrick vinha cantando canções desde que saímos de Moscou. Canções ininteligíveis e sem melodia mas sons aos quais nos acostumáramos, marchávamos seguindo as canções. Mais ou menos desde o último dia, ele ficara em silêncio, mal comendo e sem querer falar. Quando à noite sentamos em volta do fogo, começou a falar sobre a Irlanda e de quanto gostaria de estar em casa. Refletia sobre a possibilidade de o bispo lhe dar novamente uma paróquia. Ele gostara de ser padre:

— E não só pelas moças, embora houvesse isso, eu sei.

Ele disse que tinha sentido, você acreditando ou não, tinha sentido em ir à igreja e pensar em alguém que não fosse sua família ou seu inimigo.

Eu disse que isso era hipócrita e ele respondeu que Dominó estava certo a meu respeito: que no fundo eu era um puritano, não compreendia a fraqueza e a sujeira e a simples compaixão.

Fiquei muito magoado, mas acho que ele tinha razão, que isso é um defeito meu.

Villanelle contou-nos sobre as igrejas em Veneza com suas pinturas de anjos e demônios e ladrões e adúlteras e animais em toda parte. Patrick se animou e achou que primeiro deveria tentar a sorte em Veneza.

Ele me acordou no meio da noite. Estava delirando. Tentei contê-lo, mas nem eu nem Villanelle arriscaríamos o mangual de seus punhos e pés. Ele suava apesar da noite fria e havia sangue em seus lábios. Empilhamos nossos cobertores sobre ele e adentrei pelo escuro, que ainda me aterrorizava, para encontrar mais madeira e fazer uma fogueira. Fizemos um forno feroz mas ele não se aquecia. Suava e tremia e gritava que ia morrer congelado, que o Demônio entrara em seus pulmões e estava soprando sua danação.

Morreu ao amanhecer.

Não tínhamos pás, nenhuma maneira de penetrar a terra negra, de maneira que dividimos seu peso entre nós e o carregamos até o começo das florestas de pinheiros e o cobrimos com galhos e ramos e folhas. Ele foi enterrado como um ouriço esperando o verão.

Então ficamos com medo. Do que ele tinha morrido e será que poderíamos pegar? Apesar do clima e de precisarmos ir em frente, fomos até o rio e nos lavamos e lavamos nossas roupas e trememos de frio ao fraco sol da tarde, em volta do fogo. Villanelle começou a falar com desalento sobre o catarro, mas naquela época eu não sabia nada dessa doença veneziana que agora me ataca sempre em novembro.

Quando deixamos Patrick para trás deixamos com ele nosso otimismo.

Nós começáramos a acreditar que terminaríamos nossa viagem e agora isso parecia menos possível. Se um pode ir embora por que não três? Tentamos rir, lembrando a cara dele quando o menino-touro sentou-se em suas costas, lembrando suas visões alucinadas: uma vez ele disse ter visto a própria Virgem Santa viajando pelos céus sobre um burro enfeitado. Estava sempre vendo coisas e não importava como ou o quê, importava que ele via e nos contava histórias. Histórias, era tudo o que tínhamos.

Ele contara a história de seu olho miraculoso e de quando primeiro o descobrira. Tinha sido numa manhã quente no Condado de Cork e as portas da igreja estavam escancaradas para deixar sair o calor e o cheiro de suor que nem um bom banho tira depois de seis dias nos campos. Patrick estava pregando um belo sermão sobre o Inferno e os perigos da carne quando seus olhos passearam pela congregação: pelo menos seu olho direito passeou, ele logo descobriu que o olho esquerdo focara a três campos de distância um casal de paroquianos que cometiam adultério sob o Céu do Senhor enquanto seus esposos ajoelhavam-se na igreja.

Depois do sermão, Patrick ficou profundamente perplexo. Será que os tinha visto ou será que, como São Jerônimo, ele estava sujeito a visões do pecado da luxúria? Foi dar uma volta para visitá-los aquela tarde e, depois de umas tantas observações casuais, avaliou que pelos seus rostos culpados eles haviam feito aquilo que ele pensara que haviam feito.

Havia uma mulher na paróquia, muito devota e com um peito que a precedia, e Patrick descobriu que de pé em seu pequeno presbitério podia olhar direto para dentro do quarto dela sem necessidade de qualquer vulgar telescópio. Começou a fazer isso de vez em quando, somente para verificar se ela não estava em pecado. Avaliou que, afinal de contas, o Senhor lhe dera um olho desses para algum bom propósito.

Não dera a Sansão a força?

— E Sansão tinha uma queda pelas mulheres também.

Poderia ele nos ver agora? Poderia Patrick, de seu lugar perto da Santa Virgem, nos ver andando e pensando nele? Talvez ambos seus olhos hoje sejam capazes de ver ao longe. Eu queria que ele estivesse no Paraíso embora não acreditasse existir esse lugar.

Eu queria que ele nos acompanhasse até em casa.

Muitos de meus amigos estavam mortos. Havia somente um dos cinco de nós que ríramos no celeiro vermelho e ajudáramos vacas a parir. Outros que eu viera a conhecer ao longo dos anos e a quem me acostumara foram letalmente feridos ou registrados como desaparecidos em algum campo de batalha. Um homem em guerra toma cuidado para não criar laços demais. Vi uma bala de canhão explodir um pedreiro em dois, um homem de quem eu gostava e cujas duas metades tentei arrastar pelo campo, mas quando voltei para buscar as pernas elas não se distinguiam de tantas outras pernas. Houve um carpinteiro que eles mataram porque esculpira um coelho na coronha de seu mosquete.

A morte em batalha parecia gloriosa quando nós não estávamos na batalha. Mas para os homens que foram sangrados e mutilados e postos para correr através da fumaça que os sufocava para dentro de linhas inimigas onde baionetas os esperavam, morte em batalha parecia somente o que de fato era. Morte. A coisa curiosa é que nós sempre voltávamos. A Grande Armée tinha mais recrutas do que conseguia treinar e muito poucas deserções, pelo menos até recentemente. Bonaparte dizia que a guerra estava em nosso sangue.

Seria verdade?

E se isso é verdade não haverá fim para essas guerras. Nem agora, nem nunca. Sempre que gritarmos Paz! e corrermos para casa para nossas namoradas e para a lide da terra não estaremos em paz mas em um intervalo da guerra por vir. A guerra sempre estará no futuro. O futuro marcado.

Não pode estar em nosso sangue.

Por que um povo que ama a uva e o sol iria morrer no inverno zero em nome de um homem?

Por que fiz isso? Porque eu o amava. Ele era minha paixão e quando vamos para a guerra sentimos que não somos mais um povo tíbio.

O que pensava Villanelle?

Os homens são violentos. Isso é tudo.

Estar com ela era como pressionar o olho em um caleidoscópio particularmente vívido Ela era toda cor primária e embora compreendesse melhor do que eu as ambigüidades do coração não era equivocada em suas idéias.

— Venho da cidade dos labirintos — dizia —, mas se você me pedir uma direção vou lhe dar a mais simples.

Estávamos agora no Reino da Itália, e era seu plano pegar um barco para Veneza, onde ficaríamos com sua família até que o meu retorno para a França pudesse ser feito com segurança. Em troca, ela me pediria um favor e esse favor dizia respeito à retomada de posse de seu coração.

— Minha amante ainda o tem. Deixei-o lá. Quero que você me ajude a pegá-lo de volta.

Prometi a ela minha colaboração mas havia algo que eu queria também: por que ela nunca descalçava as botas? Nem mesmo enquanto estivemos com os camponeses na Rússia? Nem mesmo na cama?

Ela riu e jogou o cabelo para trás, e seus olhos brilhavam com dois sulcos profundos entre as sobrancelhas. Achei que ela era a mulher mais bonita que eu já vira.

— Já lhe disse. Meu pai era um gondoleiro. Gondoleiros não tiram suas botas — e isso era tudo o que contava, mas eu decidi ao chegar à sua cidade encantada que descobriria mais coisas sobre esses gondoleiros e suas botas.

Tivemos a sorte de uma bela travessia e naquele calmo mar resplandecente a guerra e o inverno pareciam à distância de anos. O passado de outra pessoa. E foi assim que em maio de 1813 tive minha primeira visão de Veneza.

Chegar a Veneza pelo mar, que é como se deve, é como ver uma cidade inventada subir e tremular no ar. É um truque da luz da manhã fazer os prédios bruxulear de maneira que nunca pareçam parados. Ela não é construída sobre quaisquer linhas que eu possa vagamente imaginar mas em vez disso parece ter se empurrado para fora, impudentemente, aqui e ali. Não há preliminares, não há docas para as pequenas embarcações, seu barco ancora na laguna e em um segundo sem mais você está na Praça São Marcos. Observei o rosto de Villanelle: o rosto de alguém voltando para casa, vendo nada além da chegada à casa. Seus olhos se agitavam dos domos aos gatos, abraçando o que via e passando a mensagem silenciosa de que ela estava de volta. Invejei-a por isso. Eu ainda estava no exílio.

Pisamos em terra e pegando minha mão ela levou-me através de um labirinto impossível, passando algo que eu quis traduzir como a "Ponte dos Punhos" e, ainda mais improvável, o "Canal do Toalete", até que chegamos a uma passagem sossegada.

— Essa é a parte de trás de minha casa — disse ela —, a porta da frente dá para o canal.

As portas da frente abrem para a água?

Sua mãe e seu padrasto nos saudaram com um arroubo que sempre imaginei ter sido a sorte do Filho Pródigo. Puxaram cadeiras e se sentaram tão próximos que nossos joelhos se tocaram e sua mãe não parava de saltar e correr para apanhar bandejas de bolos e jarras de vinho. A cada uma de nossas histórias, seu pai me batia nas costas e fazia "haha", e sua mãe erguia as mãos para a Madona e dizia "que bênção vocês estarem aqui".

O fato de eu ser francês não lhes incomodava em nada.

— Nem todo francês é Napoleão Bonaparte — disse o pai. — Já conheci uns muito bons, embora o marido de Villanelle não se possa contar entre eles.

Olhei para ela estarrecido. Ela nunca havia me dito que seu marido gordo era francês. Eu imaginava que sua facilidade com a minha língua viera depois de viver em meio a tantos soldados durante boa parte de sua vida.

Ela deu de ombros, seu gesto costumeiro quando não queria se explicar e perguntou o que acontecera com ele.

— Ele vai e vem, como sempre, mas você pode se esconder. A idéia de nós dois nos escondermos, fugitivos por diferentes razões, agradava imensamente aos pais de Villanelle.

— Quando fui casada com um gondoleiro — disse a mãe dela —, coisas aconteciam todos os dias, mas o povo das gôndolas é como um clã e agora que estou casada com um padeiro — e beliscou a bochecha dele — eles vão para um lado e eu vou para o outro.

Ela apertou os olhos e se inclinou para tão perto de mim que pude sentir seu hálito de café-da-manhã.

— Há histórias que posso lhe contar, Henri, que o deixariam de cabelo em pé — e me deu um tapa no joelho tão violento que caí para trás na cadeira.

— Deixe o menino em paz — disse o marido —, ele acabou de chegar de Moscou.

— Madona! — exclamou ela —, como eu poderia? — e me forçou a comer outro bolo.

Quando comecei a passar mal de tanto bolo e vinho e quase caí de exaustão, ela me levou para ver a casa e me mostrou em particular uma gelosia com um espelho posicionado em determinado ângulo que revelava a identidade de qualquer pessoa chamando na comporta da casa.

— Não estaremos sempre aqui e você precisará estar seguro de quem está batendo para abrir a porta. Como uma última precaução você deveria tirar a barba. Nós venezianos não somos cabeludos e você vai se destacar.

Eu lhe agradeci e dormi por dois dias.

No terceiro dia acordei numa casa sossegada e em um quarto completamente escuro porque as venezianas haviam sido bem cerradas. Empurrei-as para fora e deixei entrar a luz amarela que tocou meu rosto e riscou faixas no chão. Eu podia ver a poeira na luz do sol. O quarto era baixo e desigual e as paredes tinham áreas desbotadas onde quadros uma vez estiveram pendurados. Havia uma bacia e uma jarra cheia e gelada, e depois de tanto frio e nesse calor só consegui mergulhar os dedos e esfregar o sono dos meus olhos. Havia um espelho também. De corpo inteiro e numa base giratória. O espelho tinha manchas prateadas em alguns pontos, mas eu me vi, magro e ossudo, com uma cabeça grande demais e uma barba de rufião. Eles tinham razão, eu deveria me barbear antes de sair. Da janela que se abria sobre o canal vi todo um mundo acontecendo nos barcos. Barcos de legumes, barcos de passageiros, barcos com dosséis protegendo ricas damas e ossos finos como lâminas de faca com as proas levantadas. Esses eram os barcos mais estranhos de todos porque seus proprietários os remavam de pé. Até onde eu via, a intervalos regulares o canal era marcado por estacas com alegres bandeirolas listradas, algumas com barcos batendo contra elas, outras, com seus panos dourados desbotando ao sol.

Joguei no canal a água suja que usei junto com os restos da minha barba e rezei para que meu passado afundasse para sempre.

De primeira eu me perdi. Aonde fosse Bonaparte, estradas retas se seguiam, prédios eram racionalizados, a sinalização urbana podia mudar para celebrar uma batalha mas era sempre clara e nítida. Aqui, se eles se lembrarem da sinalização, vão usar a mesma a vida toda. Nem Bonaparte conseguiria racionalizar Veneza.

Esta é uma cidade de loucos.

Em toda parte, encontrei uma igreja e algumas vezes pareceu que encontrei a mesma praça com uma igreja diferente. Talvez aqui as igrejas brotem da noite para o dia como cogumelos e se dissolvam tão rapidamente quanto a madrugada. Talvez os venezianos as tenham construído da noite para o dia? No auge de sua força eles construíam um galeão por dia, completamente equipado. Por que não uma igreja, completamente equipada? O único lugar racional na cidade inteira é o jardim público e até lá, numa noite de neblina, quatro igrejas sepulcrais se erguem e submergem os pinheiros regimentais.

Não voltei à casa do padeiro por cinco dias porque não conseguia encontrar o caminho e porque tinha vergonha de falar francês com essas pessoas. Andei procurando por padarias, farejando como um cão de caça, com esperança de pegar uma pista no ar. Mas só encontrei igrejas.

Finalmente, virei uma esquina, uma esquina que eu jurava ter virado cem vezes antes, e vi Villanelle em um barco fazendo trança em seu cabelo.

— Achamos que você tinha voltado para a França — ela disse. — Mamãe ficou arrasada. Ela quer você para filho.

— Preciso de um mapa.

— Não vai ajudar. Esta é uma cidade viva. As coisas mudam.

— Villanelle, cidades não mudam.

— Henri, elas mudam.

Ela me mandou subir no barco, prometendo comida pelo caminho.

— Vou levá-lo para dar uma volta, e aí você não vai desaparecer de novo.

O barco cheirava a urina e repolho e perguntei a ela a quem pertencia. Ela disse que pertencia a um homem que criava ursos. Um admirador dela. Eu estava aprendendo a não lhe fazer perguntas demais: verdade ou mentira, as respostas eram sempre insatisfatórias.

Deslizamos para fora do sol, túneis gelados abaixo que fizeram meus dentes trincar, passando por balsas úmidas de trabalho com suas cargas sem identificação a reboque.

— Esta cidade se dobra sobre si mesma. Canais escondem outros canais, becos se cruzam e se entrecruzam de maneira que você só saberá qual é qual depois que viver aqui toda a sua vida. Mesmo quando tiver dominado as praças e puder passar do Rialto para o Gueto e até a laguna com confiança, ainda haverá lugares aonde você nunca foi e se for talvez nunca mais encontre São Marcos de novo. Nos seus afazeres, deixe bastante tempo de folga e esteja preparado para seguir outro caminho, para fazer algo não planejado, se assim as ruas o conduzirem.

Remamos na forma de um oito repetindo-se sobre si mesmo. Quando sugeri que Villanelle estava propositalmente me conduzindo de maneira que eu não viesse a reconhecer o caminho, ela sorriu e disse que estava me levando à maneira antiga, que somente um barqueiro teria esperança de lembrar.

— As cidades do interior não constam dos mapas.

Passamos por palácios saqueados, as cortinas balançando das janelas sem portinholas e vez por outra tive a visão de uma figura magra em alguma varanda danificada.

— Exilados, gente que os franceses expulsaram. Essas pessoas estão mortas mas não desaparecem.

Passamos por um grupo de crianças cujos rostos eram velhos e maus.

— Estou levando-o para ver minha amiga.

O canal em que ela entrou estava cheio de lixo e ratos boiando com suas barrigas cor-de-rosa para cima. Às vezes quase ficava estreito demais para passarmos e ela empurrava as paredes, seu remo arranhando gerações de limo. Ninguém poderia viver ali.

— Que horas serão?

Villanelle riu.

— Hora de visita. Trouxe um amigo.

Ela puxou o barco para um buraco fedorento, e agachada numa saliência de caixotes flutuando precariamente havia uma mulher tão encovada e suja que relutei a pensar que fosse humana. Seu cabelo brilhava, alguma estranha substância fosforescente grudou nele e deu a ela a aparência de um demônio subterrâneo. Ela vestia-se com camadas de um material pesado, impossível de definir em termos de cor ou modelo. Uma de suas mãos tinha somente três dedos.

— Estive fora — disse Villanelle —, fora por um bom tempo, mas não irei embora de novo. Este é Henri.

A velha criatura continuou a olhar Villanelle. Ela falou.

— Você andou fora como me conta e eu esperei por você durante esse tempo e às vezes vi seu fantasma flutuando nessa direção. Você esteve em perigo e há mais por vir mas você não partirá novamente. Não nesta vida.

Não havia luz onde nos sentamos amontoados. Os prédios de cada lado da água fechavam-se como em arco sobre nossas cabeças. Tão perto que os telhados pareciam se tocar em alguns pontos. Será que estávamos nos esgotos?

— Eu trouxe peixe para você.

Villanelle puxou para fora um embrulho que a velha cheirou antes de pôr sob as saias. Então ela se voltou para mim.

— Preste atenção a velhos inimigos com novos disfarces.

— Quem é ela? — perguntei assim que nos vimos a uma distância segura.

Villanelle deu de ombros e logo vi que eu não teria uma resposta.

— Uma exilada. Já viveu ali — e apontou para um prédio esquecido com uma dupla comporta que deixaram afundar de maneira que agora as águas batiam nos quartos de baixo. Os andares de cima eram usados como depósito e uma roldana pendurava-se de uma das janelas.

"Quando ela morava lá, dizem que as luzes nunca se apagavam antes do amanhecer e as adegas tinham vinhos tão raros que um homem poderia morrer se tomasse mais de um copo. Ela mantinha navios nos mares e os navios lhe traziam mercadorias que a faziam uma das mulheres mais ricas de Veneza. Quando outros falavam dela, faziam-no com respeito e quando se referiam a seu marido chamavam-no de 'O Marido da Senhora de Posses'. Ela perdeu suas posses quando Bonaparte as cobiçou e dizem que Josefina hoje usa suas jóias.

— Josefina usa as jóias da maioria das pessoas — disse eu.

Remamos para sair da cidade oculta até as praças solares e os largos canais que abraçam oito, nove barcos um ao lado do outro e ainda deixam espaço para o trivial prazer dos turistas.

— Esta é a estação do ano para eles. E se você ficar até agosto poderá celebrar o aniversário de Bonaparte. Ele pode estar morto até lá. Neste caso, você deve definitivamente ficar até agosto e nós celebraremos seu funeral.

Ela parara nosso barco em frente a uma imponente residência de seis andares e que dominava excelente espaço nesse canal limpo e da moda.

— Nesta casa, você encontrará meu coração. Você deve arrombá-la e trazer meu coração de volta para mim.

Ela estava louca? Vínhamos conversando figurativamente. O coração dela estava em seu corpo como o meu. Tentei lhe explicar isso, mas ela pegou minha mão e colocou-a contra o peito.

— Sinta você mesmo.

Eu senti e sem o menor subterfúgio subi e desci minha mão. Não senti nada. Pus meu ouvido contra seu corpo e me agachei bem quieto no fundo do barco e um gondoleiro que passava deu um sorrisinho esperto.

Não ouvi nada.

— Villanelle, você estaria morta se não tivesse coração.

— Aqueles soldados com quem você conviveu, acha que tinham coração? O gordo do meu marido por acaso tinha um coração em suas banhas?

Agora era minha vez de dar de ombro.

— Isso é uma maneira de dizer, você sabe.

— Eu sei mas eu já lhe expliquei. Esta é uma cidade incomum, fazemos as coisas de maneira diferente por aqui.

— Você quer que eu entre naquela casa e procure por seu coração?

— Sim.

Aquilo era fantástico.

— Henri, quando você deixou Moscou, Dominó lhe deu um pingente de gelo com uma corrente de ouro presa por dentro. Onde está?

Disse-lhe que não sabia o que tinha acontecido, imaginava que o pingente derretera e eu tinha perdido a corrente de ouro. Estava envergonhado de tê-la perdido, mas quando Patrick morreu, por um período esqueci de tomar conta das coisas que eu amava.

— Está comigo.

— O ouro está com você? — eu não podia acreditar, aliviado.

Ela devia ter encontrado a corrente e assim, afinal, eu não perdera Dominó.

— O pingente está comigo.

Ela o pescou em sua bolsa e o tirou para fora tão frio e duro quanto no dia em ele o arrancara da tela e me mandara ir embora. Apertei-o em minhas mãos. O barco balouçou para cima e para baixo e as gaivotas seguiram seus caminhos de sempre. Olhei-a, meus olhos cheios de perguntas, mas ela só mexeu com os ombros e virou o rosto em direção à casa.

— Esta noite, Henri. Esta noite eles estarão no Fenice. Eu vou trazê-lo aqui e esperar por você, mas tenho medo de entrar e não conseguir sair de novo.

Ela pegou o pingente de mim.

— Quando você trouxer meu coração, eu lhe darei seu milagre.

— Eu te amo — disse eu.

— Você é meu irmão — ela respondeu e saímos remando.

Jantamos juntos, ela, eu e seus pais, e eles me pressionaram para contar detalhes de minha família.

— Venho de uma aldeia rodeada de colinas que se estendem em um verde brilhante salpicado de dentes-de-leão. Há um rio que corre perto e inunda suas margens todos os invernos e vira lama todos os verões. Dependemos do rio. Dependemos do sol. Não há ruas e praças no lugar de onde eu venho, somente pequenas casas, um andar em geral e trilhas no meio feitas por muitos pés nem tantas mãos de projetistas. Não temos igreja, usamos o celeiro, e no inverno temos que nos apertar contra o feno. Não percebemos a Revolução. Como aconteceu com vocês, ela nos pegou de surpresa. Nossos pensamentos se resumem à madeira em nossas mãos e ao grão que plantamos e de vez em quando a Deus. Minha mãe era uma mulher devota e quando morreu meu pai disse que ela estendeu os braços para a Virgem Santa e seu rosto iluminou-se de dentro para fora. Ela morreu por acaso. Um cavalo caiu em cima dela e quebrou seu quadril e nós não temos remédio para essas coisas, só para cólica e loucura. Isso foi dois anos atrás. Meu pai ainda puxa o arado e pega as toupeiras que talham os campos. Se eu puder, chego em casa para a colheita e vou dar uma mão a ele. É aonde eu pertenço.

— E seu cérebro, Henri? — perguntou Villanelle, meio sarcástica. — Um homem como você, educado por um padre e viajado e que lutou na guerra. Em que você vai pensar lá de volta com o gado?

Dei de ombros.

— Para que serve o cérebro?

— Você poderia ficar rico aqui — disse o pai dela —, há muitas oportunidades para um jovem.

— Você pode ficar conosco — disse a mãe.

Mas ela não disse nada e eu não poderia ficar e ser seu irmão quando meu coração clamava por seu amor.

— Você sabe — disse sua mãe, apertando meu braço —, esta não é uma cidade como outra qualquer. Paris? Cuspo nela — e cuspiu. — O que é Paris? Apenas uns bulevares e umas lojas caras. Aqui há mistérios que somente os mortos conhecem. Vou lhe contar uma coisa, os barqueiros têm pés de pato. Não, não ria, é verdade. Fui casada com um e é por isso que sei e criei filhos do meu primeiro casamento — ela levantou a perna e futucou os dedos do pé. — Entre cada dedo, há uma membrana e com essas membranas eles andam sobre a água.

Seu marido não rugiu nem tilintou a jarra d'água como em geral fazia quando achava algo engraçado. Olhou-me nos olhos e me deu aquele seu meio sorriso.

— Um homem deve manter a mente aberta. Pergunte a Villanelle.

Mas ela estava de boca fechada e logo saiu da sala.

— Ela precisa de um novo marido — disse a mãe, sua voz quase implorando — assim que aquele homem esteja fora do caminho... acidentes acontecem a toda hora em Veneza, é tão escuro e as águas tão profundas. Quem iria se surpreender se acontecesse uma outra morte?

O marido pôs a mão no braço dela.

— Não tente os espíritos.

Depois que terminou a refeição e o pai estava roncando enquanto a mãe bordava um pano, Villanelle me conduziu até o barco e deslizamos pela água negra. Ela trocara seu barco de repolho e urina por uma gôndola e remava de pé quase no centro da pequena embarcação com graça e elegância. Explicou que era o melhor disfarce: gondoleiros estão sempre por perto das grandes casas à espera de passageiros. Eu já ia lhe perguntar onde conseguira o barco, mas as palavras morreram em minha boca quando vi as marcas da proa.

Era um barco de defunto.

A noite estava fria mas não escura, com uma lua brilhante que fazia grotescas sombras de nossas figuras sobre a água. Logo chegamos à comporta e, como ela prometera, a casa parecia vazia.

— Como vou entrar? — cochichei enquanto ela amarrava o barco a um anel de ferro.

— Com isso — e me deu uma chave. Macia e chata como uma chave de cadeia. — Guardei-a como amuleto. Nunca me deu sorte.

— Como vou encontrar seu coração? A casa tem seis andares.

— Tente ouvir o batimento e procure nos lugares improváveis. Se surgir algum perigo, você ouvirá meu grito de gaivota sobre a água e deverá correr de volta para o barco.

Deixei-a e entrei no hall amplo, vendo-me face a face com uma fera escamosa de corpo inteiro, com um chifre saindo de sua cabeça. Dei um pequeno grito, que foi abafado. Na minha frente havia uma escada de madeira que fazia meia curva para cima e desaparecia pela casa. Decidi começar pelo alto e vir descendo. Não esperava encontrar nada, mas a menos que eu fosse capaz de descrever cada aposento para Villanelle, ela iria querer me forçar a voltar. Tenho certeza disso.

A primeira porta que abri não revelou nada a não ser uma harpa.

A segunda, quinze vitrais.

A terceira abria para uma sala sem janelas e no chão, lado a lado, havia dois caixões, as tampas abertas, seda branca por dentro.

A quarta sala tinha estantes do chão ao teto e as prateleiras estavam cheias com duas fileiras de livros. Havia uma escada.

Na quinta sala, uma luz ardia e cobrindo a totalidade de uma parede, um mapa-múndi. Um mapa com baleias nos mares e monstros terríveis mordendo as terras. Havia estradas marcadas que pareciam desaparecer na terra ou parar abruptamente à beira-mar. Em cada canto, havia um cormorão, um peixe lutando em seu bico.

A sexta sala era um quarto de costura e numa moldura, três quartos de uma tapeçaria já prontos. A figura era de uma jovem com as pernas cruzadas em frente a um baralho de cartas. Era Villanelle.

A sétima sala era um escritório: a escrivaninha estava coberta de cadernos escritos numa pequena caligrafia enredada. Uma escrita que eu não podia ler.

A oitava sala tinha somente uma mesa de bilhar e uma portinha em um dos cantos. Fui atraído para essa porta e, abrindo-a, descobri um vasto closet com vestidos de todo tipo em cabides enfileirados, cheirando a almíscar e incenso. Um quarto de mulher. Aqui, não senti medo. Quis enterrar meu rosto nas roupas e me deitar no chão com o cheiro a minha volta. Pensei em Villanelle e seu cabelo em meu rosto e me perguntei se tinha sido assim que ela se sentira com essa sedutora de cheiro doce. Nas paredes em volta do quarto, caixas de ébano com monogramas. Abri uma delas e descobri que estava cheia de pequenos frascos de vidro. Dentro havia aromas de prazer e perigo. Cada frasco continha no máximo cinco gotas de maneira que julguei serem essências de grande valor e potência. Quase sem pensar, pus um em meu bolso e me virei para ir embora. Ao fazer isso, um barulho me deteve. Um barulho que não tinha a ver com ratos ou besouros. Um barulho firme e regular, como o batimento de um coração. Meu próprio coração saltou uma batida e comecei a tirar cada vestido do cabide, espalhando sapatos e roupas de baixo na minha pressa. Sentei-me em meus calcanhares e tentei ouvir de novo. Estava baixinho, escondido.

De gatinhas enfiei-me sob uma das fileiras de roupas e encontrei uma camisa de seda envolvendo um jarro azul. O jarro estava pulsando. Não ousei destampá-lo. Não ousei verificar a coisa valiosa, fabulosa e desci com ele, ainda na blusa, pelos últimos dois andares até a noite vazia.

Villanelle estava agachada no barco olhando a água. Quando me ouviu, ela estendeu a mão para me apoiar e sem fazer qualquer pergunta remou rapidamente para longe na laguna. Quando finalmente parou, seu suor brilhando pálido sob a lua, entreguei-lhe meu embrulho.

Ela suspirou e suas mãos tremiam, depois pediu que eu me virasse.

Pude ouvi-la destampando o jarro e um som de gás escapando. Depois ela começou a fazer barulhos horríveis de tosse e engasgo e só o meu medo me fez permanecer sentado na outra ponta do barco, talvez ouvindo-a morrer.

Aí fez silêncio. Ela tocou minhas costas e quando me virei pegou minha mão e colocou-a em seu seio.

O coração dela estava batendo.

Não é possível.

Estou lhe dizendo que o coração dela estava batendo.

Ela me pediu a chave e, enfiando a chave e a blusa no jarro azul, atirou-o na água e sorriu um sorriso tão radiante que mesmo que isso tudo fosse loucura, teria valido a pena. Perguntou-me o que vi e lhe descrevi cada sala e a cada sala ela perguntava de uma outra sala e então lhe contei sobre a tapeçaria. Seu rosto empalideceu.

— Mas você está dizendo que não estava terminada?

— Três quartos estavam prontos.

— E era eu? Você tem certeza?

Por que ela estava tão aborrecida? Porque se a tapeçaria estivesse terminada e a mulher tivesse tecido seu coração, ela ficaria prisioneira para sempre.

— Não estou entendendo nada, Villanelle.

— Não pense mais nisso, eu tenho meu coração, você tem seu milagre. Podemos agora aproveitar a vida — e soltou seu cabelo e remou para casa na sua floresta vermelha.

Dormi mal, sonhando com as palavras da velha, "tome cuidado com velhos inimigos em novos disfarces", mas de manhã quando a mãe de Villanelle me acordou com ovos e café, a noite passada e seus pesadelos pareceram parte da mesma fantasia.

Esta é a cidade dos loucos.

Sua mãe sentou-se a minha cama e conversou e insistiu para que eu pedisse Villanelle em casamento quando ela ficasse livre.

— Tive um sonho na noite passada — disse ela. — Um sonho de morte. Peça a ela, Henri.

Quando saímos juntos à tarde, eu lhe pedi de fato, mas ela meneou a cabeça.

— Não posso lhe dar meu coração.

— Não tenho que tê-lo.

— Talvez não, mas eu preciso dar. Você é meu irmão.

Quando contei a sua mãe o que acontecera, ela parou de cozinhar.

— Você é muito calmo para ela, ela só vai com loucos. Eu lhe digo para se acalmar mas ela nunca vai me ouvir. Ela quer que todos os dias sejam Pentecostes.

Depois ela resmungou alguma coisa sobre uma ilha terrível e falou de sua culpa, mas nunca questiono esses venezianos quando resmungam: é a vida deles.

Comecei a pensar em partir para a França e embora a idéia de não vê-la mais congelasse meu coração mais definitivamente do que qualquer inverno zero, lembrei-me de suas palavras, palavras que ela usara quando Patrick e ela e eu nos deitamos numa cabana russa bebendo a aguardente do mal...

Não tem sentido amar alguém com quem só se pode despertar para o dia por acaso.

Dizem que esta cidade pode absorver qualquer pessoa. Realmente parece que todas as nacionalidades estão aqui em algum lugar. Há sonhadores e poetas e pintores de paisagem com narizes sujos e andarilhos como eu que chegaram aqui por acaso e nunca mais foram embora. Estão todos procurando algo, viajando pelo mundo e os sete mares mas procurando uma razão para ficar. Não estou procurando, encontrei o que quero e não posso ter. Se eu ficasse, ficaria não por esperança mas pelo medo. Medo de ficar sozinho, de me separar de uma mulher que simplesmente por sua presença faz todo o resto de minha vida parecer uma sombra.

Eu digo que estou apaixonado por ela. O que significa isso?

Significa que revejo meu futuro e meu passado à luz deste sentimento. É como se escrevesse em uma língua estrangeira que de repente aprendo a ler. Sem palavras, ela me explica a mim mesmo. Como o gênio, ela é ignorante do que é capaz.

Fui um mau soldado porque dava importância demais ao que viria a seguir. Eu nunca me entregava à canhonada no momento do combate e do ódio. Minha mente corria a minha frente com imagens de campos mortos e tudo que levara anos para ser construído, perdido em um dia ou dois.

Fiquei porque não tinha para onde ir.

Não quero fazer isso de novo.

Todos os apaixonados sentem-se desvalidos e valentes na presença da amada? Desvalidos porque nunca está longe a necessidade de rodar como um cãozinho de estimação. Valente porque você sabe que mataria um dragão com um canivete se preciso fosse.

Quando sonho com um futuro em seus braços não há dias escuros, nem mesmo um friozinho, e embora saiba que isso é bobagem acredito realmente que seríamos felizes para sempre e que nossos filhos mudariam o mundo.

Pareço aqueles soldados com saudade de casa...

Não. Ela desapareceria por dias a fio e eu choraria. Ela se esqueceria que tínhamos filhos e me deixaria tomando conta deles. Ela perderia nossa casa no Cassino e, se eu a levasse para a França, passaria a me odiar.

Sei disso tudo e não faz diferença.

Ela nunca seria fiel.

Ela riria da minha cara.

Sempre terei medo do seu corpo por causa do poder que ele tem.

E apesar de todas essas coisas, quando penso em partir, sinto pedras no meu peito.

Fascinação. Primeiro amor. Desejo.

Minha paixão pode ser sumariamente explicada. Mas uma coisa é certa: o que quer que toque, ela revela.

Penso muito no corpo dela: não o possuindo mas observando-o mover-se no sono. Ela nunca está sossegada, seja no barco ou correndo a toda com um monte de repolhos nos braços. Não é nervosa, mas não é natural ela ficar quieta. Quando lhe contei quanto eu gostava de me deitar em um belo campo verde olhando o belo céu azul, ela retrucou:

— Você pode fazer isso quando morrer. Diga para deixarem seu caixão aberto.

Mas ela sabe a respeito do céu. Posso vê-la de minha janela remando em seu barco bem devagar e olhando para o céu perfeito em busca da primeira estrela.

Ela decidiu me ensinar a remar. Não o remo normal. Remo veneziano. Partimos de madrugada numa gôndola vermelha usada pela polícia. Nem pensei em lhe perguntar onde a conseguira. Ela estava tão feliz naqueles dias e a toda hora pegava minha mão e a colocava em seu coração como se fosse uma paciente a quem deram uma segunda chance.

— Se está decidido a ser pastor de cabras pelo resto da vida, o mínimo que devo fazer é mandá-lo para casa com uma habilidade real. Você poderá construir um barco nos seus momentos de descanso e navegar no rio de que você tanto fala pensando em mim.

— Você poderia vir comigo se quisesse.

— Eu não iria gostar. O que faria com um saco de toupeiras e sem uma única mesa de jogo à vista?

Eu sabia disso mas detestava ouvir.

Eu não era um remador nato e mais de uma vez bati tão forte com o barco que nós dois caímos na água e Villanelle me agarrou pelo cangote e gritou que estava se afogando.

— Você vive em cima d'água — protestei quando ela me arrastou para baixo berrando feito uma louca.

— Você tem razão, vivo em cima d'água, não dentro dela.

Surpreendentemente, ela não sabia nadar.

— Barqueiros não precisam nadar. Nenhum barqueiro vai acabar assim. Não podemos voltar para casa até nos secarmos, vão zombar de mim.

Nem seu entusiasmo me ajudava a fazer a coisa certa e à noite ela pegou os remos de volta, seu cabelo ainda úmido, e me disse que em vez de aprender a remar iríamos ao Cassino.

— Talvez seja esse seu talento.

Eu nunca tinha ido a um Cassino antes e me decepcionei da mesma maneira como o bordel me decepcionara anos antes. Lugares pecadores são sempre mais pecadores na nossa imaginação. Não há veludo vermelho tão chocantemente vermelho como o vermelho dos seus sonhos. Não há mulheres com pernas tão longas como as que você imagina. E na mente da gente esses lugares são sempre de graça.

— Tem uma sala dos chicotes no andar de cima — disse ela — se você tiver interesse.

Não. Eu me entediaria. Sei tudo sobre chicotadas. Aprendi com meu amigo padre. Os santos adoram ser chicoteados e já vi imagens demais de suas cicatrizes extáticas e seus olhares desejosos. Ver uma pessoa comum ser chicoteada não pode ter o mesmo efeito. A carne santa é macia e branca e sempre escondida do dia. Quando o chicote a descobre, esse é o momento do prazer, o momento quando o que estava oculto é revelado.

Deixei isso para ela e quando acabei de ver o que havia para ver de mármores frios e copos com gelo e cortinas manchadas, retirei-me e sentei-me à janela e descansei minha cabeça olhando o luminoso canal lá embaixo.

Assim o passado havia acabado. Eu escapara. Essas coisas são possíveis.

Pensei em minha aldeia e na fogueira que fazíamos ao final de cada inverno, pondo fora as coisas de que não necessitávamos mais, celebrando a vida por vir. Oito anos de soldado tinham ido para o canal com a barba que não me caía bem. Oito anos de Bonaparte. Vi meu reflexo na janela: aquele era o rosto que eu me tornara. Além do meu reflexo vi Villanelle imprensada na parede com um homem na frente dela impedindo sua passagem. Ela o encarou, mas eu podia ver pelo movimento de seus ombros que estava com medo.

Ele era muito largo, uma grande extensão negra como um manto de matador.

Ele se posicionou com os pés separados, um braço apoiado contra a parede impedindo-lhe a passagem, o outro enfiado no bolso. Ela o empurrou, de repente e rapidamente, tão rapidamente quanto a mão dele voou de dentro do bolso e a estapeou. Ouvi o barulho e, enquanto eu pulava, ela se enfiou por baixo do braço dele e correu escada abaixo. Só pensei em alcançá-la antes dele, que já ia em sua perseguição. Abri a janela e saltei no canal.

Subi à superfície esguichando água com a cara cheia de algas e nadei até nosso barco já desfazendo o nó, de maneira que, quando ela pulou para dentro feito um gato, eu estava gritando e tentando escalar pelo lado da embarcação. Ela me ignorou e remou e me puxou como se eu fosse o golfinho domado que um homem tem lá no Rialto.

— É ele — disse, quando finalmente consegui subir em cambalhota até seus pés. — Pensei que ele ainda não havia retornado, meus espiões são bons.

— Seu marido?

Ela cuspiu:

— Meu marido nojento, chupador de caralho, ele mesmo.

Eu me sentei.

— Ele está nos seguindo.

— Conheço um caminho, sou uma filha de barqueiro.

Fiquei tonto com os círculos que ela fez e com a velocidade de seu remo. Os músculos em seu braço saltavam para fora ameaçando romper a pele e quando passávamos por uma luz eu via como suas veias afloravam. Ela ofegava, seu corpo logo ficou tão molhado quanto o meu. Estávamos descendo uma extensão de água que ficava cada vez mais estreita até acabar totalmente diante de uma parede branca. No último segundo, quando eu já estava esperando ouvir nosso barco estilhaçando-se como um pedaço de madeira na água, Villanelle fez uma curva impossível que deu numa enseada de onde descemos por um túnel cheio de goteiras.

— Logo estaremos em casa, Henri, calma.

Era a primeira vez na vida que eu a ouvia usar a palavra "calma".

Paramos em frente à comporta de sua casa mas, quando nos preparávamos para amarrar o barco, uma proa silenciosa passou por trás de nós e eu fiquei de cara com o cozinheiro.

O cozinheiro.

A carne em volta de sua boca mexeu sugerindo um sorriso. Ele estava muito mais gordo de quando eu o conhecera, com bochechas penduradas como toupeiras mortas e um saco de pele inchada que prendia sua cabeça aos ombros. Os olhos haviam afundado e as sobrancelhas, sempre grossas, avultavam-se agora para mim como sentinelas. Ele dobrou suas mãos na borda do barco, mãos cheias de anéis apertados nos dedos. Mãos vermelhas.

— Henri — disse —, que prazer.

O olhar interrogador de Villanelle para mim lutou com seu olhar de puro nojo para ele. O cozinheiro notou o conflito e tocando-a de leve, mas o bastante para fazê-la estremecer, ironizou:

— Você pode dizer que Henri me deu muita sorte. Graças a ele e a seus truques fui expulso de Boulogne e mandado para Paris a fim de cuidar do abastecimento. Nunca fui de me dedicar a algo que não me trouxesse alguma vantagem. Não está contente, Henri, de encontrar um velho amigo e vê-lo tão próspero?

— Não quero nada com você.

Ele sorriu de novo e dessa vez vi seus dentes. O que sobrara deles.

— Mas você quer, claramente quer alguma coisa com minha esposa. Minha esposa — ele enunciou as palavras bem devagar, e depois seu rosto tomou uma velha expressão, que eu conhecia bem. — Estou surpreso de vê-lo aqui, Henri. Você não deveria estar com seu regimento? Não é o momento para se tirar férias, nem quando se é o favorito de Bonaparte.

— Isso não é da sua conta.

— Realmente não é, mas você não vai se importar se eu mencionar isso para alguns de meus amigos, vai?

Ele virou-se para Villanelle.

— Tenho outros amigos que gostarão de saber o que aconteceu com você. Amigos que pagaram um dinheirão para conhecê-la. Será mais fácil se você vier comigo agora.

Ela cuspiu na cara dele.

O que aconteceu em seguida ainda não está claro para mim apesar de eu ter tido anos para pensar nisso. Calmos anos sem distração. Lembro-me de que ele se debruçou quando ela cuspiu e tentou beijá-la. Lembro-me de sua boca abrindo e indo na direção dela, suas mãos se soltando do barco, seu corpo dobrado. A sua mão arranhou o seio dela. A boca dele é a imagem mais clara que tenho. Uma boca rosa-claro, uma caverna de carne e depois a língua, apenas visível como uma lesma saindo do buraco. Ela o empurrou e ele perdeu o equilíbrio e caiu em cima de mim, quase me esmagando. Pôs as mãos em minha garganta e ouvi Villanelle gritar e atirar sua faca na minha direção e ao meu alcance. Uma faca veneziana, fina e cruel.

— O lado mole, Henri, como os ouriços-do-mar.

Peguei a faca e enfiei-a no seu flanco. Quando ele rolou, enfiei-a na sua barriga. Ouvi a faca sugar suas entranhas. Puxei-a, a faca irada por ter sido arrancada, e deixei-a entrar de novo atravessando os anos de boa vida. Aquela carne de ganso e de clarete logo desmoronou. Minha camisa estava empapada de sangue. Villanelle arrastou-o para longe de mim, a meio caminho de mim, e levantei-me, nada trêmulo. Disse a ela que me ajudasse a virá-lo e ela o fez, me olhando.

Quando o deixamos de barriga para cima e o sangue escorrendo, rasguei sua camisa do colarinho para baixo e olhei seu peito. Sem pêlo e branco, como a carne dos santos. Podem santos e demônios se parecerem tanto? Seus mamilos eram da mesma cor de seus lábios.

— Você disse que ele não tinha coração, Villanelle, vamos ver.

Ela estendeu a mão, mas eu já havia feito um talho com minha amiga de prata, uma lâmina tão gulosa. Cortei um triângulo em torno da área certa e enfiei a mão como se fosse tirar o miolo de uma maçã.

Ele tinha um coração.

— Você o quer, Villanelle?

Ela balançou a cabeça e começou a chorar. Nunca a tinha visto chorar, não durante todo o inverno zero, não na morte de nosso amigo, não nas garras da humilhação, não no relato dela. Ela estava chorando agora e a peguei em meus braços largando o coração entre nós e lhe contei uma história de uma Princesa cujas lágrimas se transformavam em jóias.

— Sujei suas roupas — disse eu, vendo pela primeira vez as manchas de sangue sobre ela. — Veja minhas mãos.

Ela fez que sim com a cabeça e a coisa azul e sangrenta ficou entre nós.

— Temos que levar esses barcos para longe, Henri.

Mas na luta perdêramos ambos os nossos remos e um dos dele. Ela pegou minha cabeça em suas mãos e pesou-a, apertou-me contra seu queixo.

— Sente-se quieto, você fez o que pôde, agora me deixe fazer o que posso.

Sentei-me com a cabeça nos joelhos, meus olhos fixos no chão do barco que nadava em sangue. Meus pés no sangue.

O cozinheiro, com a cara para cima, tinha os olhos fixos em Deus.

Nossos barcos se moviam. Vi seu barco deslizando na minha frente, o meu amarrado a ele como crianças amarram seus barcos em um laguinho.

Movíamos. Como?

Levantei bem a cabeça, meus joelhos ainda encolhidos, e Villanelle, de costas para mim, uma corda sobre seu ombro, andando sobre o canal e puxando nossos barcos.

Suas botas estavam bem juntinhas uma ao lado da outra. Seu cabelo estava solto.

Eu estava na floresta vermelha e ela me conduzia para casa.

Quatro

O ROCHEDO

Dizem que os mortos não falam. Quieto como um túmulo, dizem. Não é verdade. Os mortos estão falando o tempo todo. Neste rochedo, quando venta, eu os ouço.

Consigo ouvir Bonaparte: ele não ficou muito tempo em seu rochedo. Engordou e pegou uma gripe, e ele que sobrevivera às pragas do Egito e ao inverno zero morreu no tépido desalento.

Os russos invadiram Paris e não a incendiamos, eles o levaram e restauraram a monarquia.

O coração dele cantou. Numa ilha cheia de vento, nos bicos das gaivotas, seu coração cantou. Ele esperou o momento e como o terceiro filho que sabe que seus irmãos traiçoeiros não podem superá-lo, chegou o momento e em um comboio salgado de barcos silenciosos ele retornou por cem dias e encontrou seu Waterloo.

O que poderiam fazer com ele? Esses Generais vitoriosos e nações farisaicas?

Você joga, você ganha, você joga, você perde. Você joga.

O fim de todo jogo é um anticlímax. O que você acha que ia sentir, não sente, o que você achava tão importante, não é mais. É o jogo que é excitante.

E se você ganha?

Não existe vitória até certo ponto. Você tem que proteger o que conquistou. Você tem que levá-lo a sério.

Os vitoriosos perdem quando se cansam de vencer. Talvez se arrependam mais tarde, mas o impulso de jogar a coisa valiosa, fabulosa é forte demais. O impulso de ser de novo inconseqüente, de andar descalço, como você fazia antes de herdar todos aqueles sapatos.

Ele nunca dormiu, teve uma úlcera, divorciou-se de Josefina e se casou com uma cadela egoísta (embora a merecesse), ele precisa de uma dinastia para proteger seu Império. Ele não tinha amigos. Ele gastava três minutos para fazer sexo e cada vez mais não se dava ao trabalho nem de desembainhar a espada. A Europa o odiava. Os franceses estavam cansados de ir para a guerra e ir para a guerra e ir para a guerra.

Ele foi o homem mais poderoso do mundo.

Retornando daquela ilha pela primeira vez ele sentiu-se como um menino de novo. De novo um herói sem nada a perder. Um messias com uma muda de roupas.

Quando o derrotaram esmagadoramente pela segunda vez e escolheram para ele um rochedo mais escuro onde as ondas eram bravias e a companhia hostil, estavam-no enterrando vivo.

A Terceira Coalizão. As forças da moderação contra o louco.

Eu o odiava, mas eles não eram melhores. Mortos são mortos, fosse qual fosse o lado pelo qual lutaram.

Três loucos contra um louco. Ganham os números. Não a correção.

Quando o vento está forte, eu o ouço chorar e ele vem até a mim, suas mãos ainda gordurosas de seu último jantar, e ele me pergunta se eu o amo. Seu rosto implora-me que eu diga sim e penso nos que foram para o exílio com ele e um a um pegaram um pequeno barco de volta para casa.

A maioria tinha cadernos. A história de sua vida, seus sentimentos no rochedo. Eles fariam suas fortunas exibindo essa fera manca.

Até seus criados aprenderam a escrever.

Ele fala de seu passado obsessivamente porque os mortos não têm futuro e o presente deles é a recordação. Estão na eternidade porque o tempo parou.

Josefina ainda vive e recentemente introduziu o gerânio na França. Mencionei-lhe isso, mas ele disse que jamais gostou de flores.

Meu quarto é muito pequeno. Se me deito, o que tento não fazer por motivos que explicarei, posso tocar cada canto apenas me alongando. Mas tenho uma janela e, ao contrário da maioria das outras janelas aqui, ela não tem grades. Fica perfeitamente aberta. Não tem vidro. Posso me debruçar e olhar o outro lado da laguna e às vezes vejo Villanelle em seu barco.

Ela me acena com seu lenço.

No inverno, tenho uma cortina grossa feita de sacos que dobro duas vezes sobre a janela e prendo ao chão com minha cômoda. Funciona bem desde que eu permaneça envolto pelo meu cobertor, embora eu sofra do catarro. Isso prova que agora eu sou um veneziano. Tem palha no chão, como em casa, e alguns dias, quando acordo, consigo sentir o cheiro de mingau cozinhando, grosso e preto. Gosto desses dias porque isso quer dizer que minha mãe está aqui. Sua aparência é a de sempre, talvez um pouco mais jovem. Ela manca por causa do cavalo que caiu em cima dela, mas não tem que andar muito neste pequeno quarto.

Temos pão para o café-da-manhã.

Não há uma cama, mas dois grandes travesseiros que foram estofados com palha também. Ao longo dos anos eu os enchi com penas de gaivotas e durmo sentado sobre um deles, o outro nas minhas costas contra a parede. É confortável e isso garante que ele não venha me estrangular.

Quando cheguei aqui, esqueço há quantos anos estou aqui, ele tentava me estrangular toda noite. Eu me deitava no meu quarto partilhado e sentia suas mãos em minha garganta e seu hálito de vômito e via sua boca cor-de-rosa, obsceno rosa-bebê, vindo para me beijar.

Eles me mudaram para meu próprio quarto depois de um tempo. Eu aborreço os outros.

Há um outro homem que tem seu próprio quarto. Está aqui desde sempre e já fugiu algumas vezes. Trazem-no de volta meio afogado, ele pensa que pode andar sobre a água. Ele tem dinheiro e seu quarto é muito confortável. Eu poderia ter dinheiro mas eu não o tiraria dela.

Escondemos os barcos numa passagem fedorenta aonde vão os catadores de lixo e Villanelle calçou suas botas de novo. Foi a única vez que vi seus pés e eles não são exatamente o que eu chamaria de pés. Ela pode abri-los e fechá-los como um leque. Eu queria tocá-los mas minhas mãos estavam cobertas de sangue. Nós o deixamos onde caiu, com a cara para cima, o coração a seu lado, e Villanelle me abraçou e me cobriu enquanto caminhamos, para me confortar e para esconder um pouco do sangue em minhas roupas. Quando passávamos por alguém, ela me jogava contra a parede e me beijava apaixonadamente, bloqueando qualquer visão do meu corpo. Dessa maneira fizemos amor.

Ela contou a seus pais tudo o que acontecera e os três prepararam água quente e me lavaram e queimaram minhas roupas.

— Eu sonhei com uma morte — disse a mãe.

— Silêncio — disse o pai.

Eles me embrulharam numa pele de carneiro e puseram-me para dormir perto da lareira em um colchão do irmão dela, e eu dormi o sono dos inocentes sem saber que Villanelle me velou silenciosamente a noite inteira. Em meus sonhos eu os ouvia dizer:

— O que vamos fazer?

— As autoridades virão aqui. Eu sou a mulher dele. Não se envolvam.

— E Henri? Ele é um francês mesmo que não seja culpado.

— Eu cuido de Henri.

E quando ouvi essas palavras adormeci completamente.

Acho que sabíamos que seríamos apanhados.

Passamos os poucos dias que se seguiram fartando nossos corpos com prazer. Saíamos cedo a cada manhã para fazer bagunça nas igrejas. Isto é, Villanelle gozava na cor e no drama de Deus sem dar a Deus um pitaco e eu me sentava nos degraus jogando o jogo-da-velha.

Passávamos nossas mãos sobre toda superfície quente e colhíamos o sol do ferro e da madeira e do pêlo quente de milhões de gatos.

Comíamos peixe fresco recém-pescado. Ela me levou para dar a volta na ilha remando um barco de procissão emprestado de um bispo.

Na segunda noite incessante chuva de verão inundou a Praça de São Marcos e ficamos embaixo da marquise olhando um casal de venezianos cruzarem o caminho usando duas cadeiras.

— Suba nas minhas costas — disse eu.

Ela me olhou incrédula.

— Não posso andar sobre a água mas consigo passar a vau — e descalcei meus sapatos e a fiz carregá-los enquanto chapinhávamos lentamente através da larga Praça. Suas pernas eram tão compridas que ela ficava encolhendo-as para que não tocassem a água. Quando alcançamos o outro lado eu estava exausto.

— Esse é o garoto que veio andando de Moscou — ela mexeu comigo.

Demos os braços e saímos em busca de jantar e depois do jantar ela mostrou-me como se come uma alcachofra.

Prazer e perigo. É doce o prazer à beira do perigo. É o sentido da perda do jogador que faz da vitória um ato de amor. No quinto dia, quando nossos corações tinham quase parado de bater, quase nem ligávamos para o pôr-do-sol. Já havia passado uma aborrecida dor de cabeça que eu sentia desde que o matara.

E no sexto dia vieram nos pegar.

Chegaram cedo, tão cedo quanto os barcos de legumes a caminho do mercado. Vieram sem aviso. Três deles, em um brilhante barco preto com uma bandeira. Interrogatório, disseram, nada mais. Villanelle estava a par de que seu marido morrera? O que aconteceu depois que ela e eu deixamos o Cassino tão às pressas?

Ele seguiu? Nós o vimos?

Aparentemente Villanelle na condição de sua inconteste esposa legítima estava então na posse de uma considerável fortuna, a menos que, é claro, fosse ela a assassina. Havia documentos para assinar concernentes ao espólio e ela foi levada para identificar o corpo. Fui aconselhado a não deixar a casa, e para garantir que eu seguisse o conselho um homem ficou na comporta, curtindo o sol bater em sua testa.

Quis estar em um brilhante campo verde olhando o brilhante céu azul.

Ela não voltou naquela noite nem na noite seguinte e o homem ficou na comporta. Quando finalmente voltou na terceira manhã, veio acompanhada de dois homens e seus olhos me advertiam, mas ela não podia falar e eu fui levado em silêncio. O advogado do cozinheiro, um corcunda ardiloso com uma verruga na bochecha e belas mãos, disse-me francamente acreditar que Villanelle fosse culpada e eu um cúmplice. Assinaria eu uma declaração dizendo isso? Se eu o fizesse, provavelmente ele poderia olhar para outro lado enquanto eu desaparecia.

— Não somos pouco sutis, nós venezianos — disse ele.

O que aconteceria a Villanelle?

Os termos do testamento do cozinheiro eram curiosos: ele não fez qualquer tentativa de privar sua esposa de seus direitos, nem de atribuir sua fortuna a outra pessoa. Disse simplesmente que, se ela não pudesse herdar por qualquer razão (sendo a ausência uma delas), ele deixava sua herança na íntegra para a Igreja.

Uma vez que provavelmente ele não esperava vê-la de novo, por que escolhera a Igreja? Será que já tinha entrado numa? Minha surpresa deve ter sido evidente porque o advogado disse no seu modo sincero que o cozinheiro adorava observar os meninos do coro em suas roupas vermelhas. Se seu rosto revelou a insinuação de um sorriso, a insinuação de alguma coisa outra que não o conhecimento de uma disposição religiosa, ele a ocultou imediatamente.

O que havia ali para ele?, eu me perguntei. O que lhe importava quem ficasse com o dinheiro? Ele não parecia um homem de consciência. E pela primeira vez em minha vida percebi que naquele momento o poderoso era eu. Era eu que detinha o coringa.

— Eu o matei — afirmei. — Eu o esfaqueei e arranquei seu coração. Devo mostrar-lhe a forma que fiz no peito dele?

Desenhei no vapor da janela. Um triângulo de linhas grossas.

— O coração dele era azul. O senhor sabia que os corações são azuis? Não são vermelhos. Uma pedra azul numa floresta vermelha.

— Você é insano — disse o advogado. — Nenhum homem são mataria dessa maneira.

— Nenhum homem são viveria como ele viveu.

Nenhum de nós falou. Ouvi sua respiração, chiada como uma lixa. Ele pôs ambas as mãos sobre a confissão pronta para eu assinar. Belas mãos manicuradas, mais brancas do que o papel em que descansavam. Onde ele as arrumara? Não deveriam ser suas de direito.

— Se você está me dizendo a verdade...

— Acredite em mim.

— Então você deve ficar aqui até que eu esteja pronto.

Levantou-se e trancou a porta atrás dele, deixando-me em sua confortável sala de tabaco e couro com um busto de César sobre a mesa e um coração rabiscado na vidraça da janela.

À noite, chegou Villanelle. Veio sozinha porque ela já podia brandir o poder de sua herança. Trazia uma garrafa de vinho, uma bisnaga de pão da padaria e uma cesta de sardinhas cruas. Sentamos juntos no chão, como crianças cujo tio deixou-as no escritório por esquecimento.

— Você sabe o que está fazendo?

— Disse a verdade, só isso.

— Henri, eu não tenho a menor idéia do que vem a seguir. Piero (o advogado) acha que você é doente mental e vai sugerir que assim seja julgado. Não posso suborná-lo. Ele era um amigo do meu marido. Ainda acredita que sou responsável e nem todas as cabeleiras ruivas do mundo nem todo meu dinheiro impedirão que ele venha a feri-lo. Ele odeia por odiar. Existe gente assim. Gente que tem tudo. Dinheiro, poder, sexo. Quando eles têm tudo apostam em jogos mais sofisticados do que o comum de nós. Não existem novas emoções para aquele homem. O sol nunca nascerá para seu prazer. Ele nunca vai se perder numa cidade estranha tendo que pedir informação sobre o caminho. Não posso comprá-lo. Não posso tentá-lo. Ele quer uma vida pela vida. Você ou eu. Deixe que seja eu.

— Você não o matou, eu o matei. Não estou arrependido.

— Eu teria matado e não importa de quem era a faca ou a mão. Você o matou por minha causa.

— Não, eu o matei por mim mesmo. Ele transformava em sujeira todas as coisas boas.

Ela pegou minhas mãos. Nós dois cheirávamos a peixe.

— Henri, se você for condenado como insano, eles vão enforcá-lo ou mandá-lo para San Servelo. O hospício na ilha.

— Aquele que você me mostrou? Aquele que se lança sobre a laguna e pega toda a luz do sol?

Ela assentiu e eu me perguntei como seria morar em algum lugar de novo.

— O que você vai fazer, Villanelle?

— Com o dinheiro? Comprar uma casa. Já viajei bastante. Encontrar uma maneira de libertá-lo. Isto é, se você escolher viver.

— Poderei escolher?

— Isso, eu posso garantir. Não cabe a Piero, cabe ao juiz.

Escureceu. Ela acendeu as velas e ajeitou-me contra seu corpo. Pus a cabeça em seu coração e o ouvi bater, tão firme, como se houvesse estado sempre lá. Eu nunca tinha ficado nessa posição com ninguém a não ser minha mãe. Minha mãe que me pôs em seu seio e cochichou as escrituras em meu ouvido. Ela esperava que eu as aprendesse dessa maneira, mas eu não ouvia nada além do fogo cuspindo e do vapor subindo da água que ela aquecia para a higiene do meu pai. Não ouvi nada além de seu coração e não senti nada a não ser sua delicadeza.

— Eu te amo — eu disse, antes e agora.

Olhamos as velas fazerem sombras cada vez maiores no teto enquanto o céu escurecia completamente. Piero tinha uma palmeira em sua sala (obtida de algum servil exilado, sem dúvida), e a palmeira desenhava uma selva no teto, um emaranhado de grandes folhas que poderiam esconder um tigre com facilidade. César sobre a mesa tinha um perfil que o recomendava, e do meu triângulo nada podia ser visto. A sala cheirava a peixe e cera de vela. Deitamo-nos no chão por um tempo e eu disse:

— Vê? Agora você entende por que eu amo ficar parado e olhar para o céu.

— Só fico parada quando estou infeliz. Não ouso me mexer porque me mexer apressará o próximo dia. Imagino que se ficar absolutamente quieta o que me aterroriza não acontecerá. Na última noite que passei com ela, a nona noite, tentei não me mexer nem um pouquinho enquanto ela dormia. Ouvi contar uma história sobre os desertos gelados do extremo norte onde as noites duram seis meses e eu tinha esperança de que algum milagre nos levasse para lá. Será que o tempo passaria se eu me recusasse a admitir esse fato?

Não fizemos amor naquela noite. Nossos corpos estavam pesados demais.

Fui julgado no dia seguinte e tudo se passou como Villanelle previra. Fui declarado insano e condenado à prisão perpétua em San Servelo. Deveria partir naquela tarde. Piero pareceu desapontado, mas nem Villanelle nem eu olhamos para ele.

— Poderei visitá-lo em uma semana e estarei trabalhando por você, vou tirá-lo de lá. Todo mundo é subornável. Coragem, Henri. Nós saímos de Moscou a pé. Nós podemos andar sobre a água.

— Você pode.

— Nós podemos.

Ela me abraçou e prometeu estar na laguna antes que o soturno barco partisse. Eu tinha poucas posses mas queria manter o talismã de Dominó e uma imagem da Madona que a mãe dela bordara para mim.

San Servelo. Costumava ser somente para os loucos ricos mas Bonaparte, que pelo menos quanto à loucura era um igualitário, abriu-o ao público e destinou fundos para sua manutenção. Por dentro, ainda tinha um esplendor esmaecido. Os loucos ricos gostam de seus confortos. Havia uma espaçosa sala para visitantes onde uma dama poderia tomar chá enquanto seu filho sentava-se em frente a ela numa camisa-de-força. Em certa época os guardas haviam usado uniforme e botas brilhantes, e um paciente que babasse naquelas botas ficava preso por uma semana. Não eram muitos os pacientes que babavam. Havia um jardim do qual ninguém mais cuidava. Um acre emaranhado de pedregulhos e flores murchas. Havia agora duas alas. Uma ainda para os loucos ricos e outra para o crescente número de loucos pobres. Villanelle mandara instruções para que eu fosse posto na primeira, mas descobri quanto custava e me recusei.

Prefiro sempre ficar com as pessoas comuns.

Na Inglaterra, eles têm um Rei louco que ninguém prende.

George III que se dirige à Câmara Alta como "meus lordes e pavões".

Quem há de entender os ingleses e a raiz-forte deles?

Não senti medo dessa tão estranha companhia.

Só comecei a sentir medo quando as vozes começaram, e depois das vozes os próprios mortos, andando pelos corredores e me olhando com seus olhos fundos.

Quando Villanelle veio às primeiras vezes, conversamos sobre Veneza e sobre a vida e ela estava cheia de esperanças a meu respeito. Então contei-lhe sobre as vozes e sobre as mãos do cozinheiro na minha garganta.

— Você está imaginando isso, Henri, guarde isso para si que logo estará livre. Não há vozes, nem formas.

Mas há. Sob aquela pedra, no peitoril da janela. Há vozes e elas devem ser ouvidas.

Quando Henri foi levado para San Servelo no barco soturno eu imediatamente me dispus a lutar por sua libertação. Tentei descobrir sobre que bases os insanos eram lá mantidos e se por ventura eles são examinados por um médico que avalie se melhoraram. Parece que são, mas somente aqueles que não representam perigo para a humanidade são postos em liberdade. Absurdo isso, quando há tantos perigos para a humanidade andando por aí sem serem submetidos a exame. Henri era um detento para toda a vida. Não havia meios legais de libertá-lo, pelo menos não enquanto Piero tivesse qualquer coisa a ver com o caso.

Bem, então eu deveria ajudá-lo a fugir e garantir sua viagem para a França.

Nos primeiros meses em que o visitei ele parecia alegre e animado, apesar de dormir em um quarto com três outros homens de aparência hedionda e hábitos aterrorizantes. Ele disse que nem notava. Disse que tinha seus cadernos e ficava ocupado. Talvez houvesse sinais de mudança muito anteriores que eu não tenha reconhecido, mas minha vida dera uma guinada inesperada e eu estava preocupada.

Não sei que loucura me levou a pegar uma casa em frente à dela. Uma casa de seis andares como a dela, com janelas compridas que deixavam a luz entrar e formavam piscinas de sol. Eu andava pelos andares da minha casa, sem jamais me incomodar de mobiliá-los, vendo sua sala íntima, sua sala de visitas, sua sala de costura e vendo não ela mas uma tapeçaria de mim mesma quando era mais jovem e caminhava pela vida como um garoto arrogante.

Estava batendo um tapete na minha varanda quando finalmente a vi.

Ela me viu também e ficamos paradas feito estátuas, cada uma em sua varanda. Deixei o tapete cair no canal.

— Você é minha vizinha — ela disse. — Deveria me fazer uma visita — e assim ficou acertado que eu iria visitá-la aquela noite antes da ceia.

Mais de oito anos haviam se passado, mas quando bati em sua porta não me sentia uma herdeira que viera a pé de Moscou e vira seu marido assassinado. Sentia-me como uma garota do Cassino em um uniforme emprestado. Instintivamente, levei a mão a meu coração.

— Você cresceu — disse ela.

Ela era a mesma, embora houvesse deixado o branco de seu cabelo aparecer, algo de que era particularmente vaidosa quando a conheci. Comemos na mesa oval e ela nos sentou lado a lado de novo com uma garrafa entre nós. Não foi fácil falar. Nunca havia sido, estávamos sempre ocupadas demais fazendo amor ou temendo sermos ouvidas. Por que imaginei que as coisas seriam diferentes simplesmente porque o tempo passara?

Onde estava o marido aquela noite?

Ele a deixara.

Não por uma outra mulher. Ele não ligava para outras mulheres. Ele a deixara havia bem pouco tempo para partir numa viagem a fim de encontrar o Santo Graal. Acreditava que seu mapa era definitivo. Acreditava que o tesouro fosse absoluto.

— Ele vai voltar?

— Talvez sim, talvez não.

O coringa. O imprevisível coringa que nunca chega quando deve. Houvesse chegado antes, anos antes, o que teria acontecido comigo? Olhei as palmas de minha mão tentando ver a outra vida, a vida paralela. O ponto em que os meus egos se rompem e um se casa com um gordo e o outro fica aqui, nesta casa elegante para jantar noite após noite numa mesa oval.

Será essa a explicação para quando se encontra alguém desconhecido, mas que se sente imediatamente que o conhecemos de toda uma vida? Que seus hábitos não serão uma surpresa. Talvez nossas vidas se espalhem a nosso entorno como um leque, e só podemos conhecer uma vida, mas por equívoco sentimos as outras.

Quando a encontrei senti que ela era meu destino e esse sentimento não se alterou, muito embora esteja invisível. Embora eu me tenha levado aos ermos do mundo e tenha amado de novo, não posso dizer sinceramente que a deixei. Às vezes, tomando café com amigos ou andando sozinha à beira do mar salgado demais, eu me peguei naquela outra vida, toquei-a, vi-a tão real quanto esta. E se ela morasse sozinha naquela casa elegante quando primeiro a encontrei? Talvez eu nunca houvesse pressentido outras vidas minhas, por não precisar senti-las.

— Você vai ficar? — ela perguntou.

Não, não nesta vida. Não agora. A paixão não recebe ordens. Não é um gênio que concede três desejos se prometemos libertá-lo. A paixão nos comanda e muito raramente da maneira como escolheríamos.

Eu estava com raiva. Seja quem for por quem você se apaixone pela primeira vez, não somente ame mas se apaixone, será sempre quem vai lhe provocar raiva, será sempre a pessoa com quem não se consegue ser lógico. Pode acontecer de você estar assentado em outro lugar, pode acontecer de você ser feliz, quem lhe roubou o coração deterá sempre o poder.

Eu estava com raiva por que ela me quisera e me fizera querê-la, mas tivera medo de aceitar o que isso significava: significava mais do que breves encontros em lugares públicos e noites roubadas de outro. A paixão labutará nos campos por sete anos pelo amado e se for trapaceada labutará outros sete, mas, porque é nobre, a paixão não aceitará restos.

Tive casos. Terei outros, mas a paixão é para os simples de coração.

Ela perguntou de novo:

— Você vai ficar?

Quando a paixão chega tarde na vida pela primeira vez, é mais difícil desistir. E aqueles que encontram essa fera somente tarde na vida têm escolhas diabólicas pela frente. Dirão adeus ao que conhecem e levantarão vela em um mar misterioso sem qualquer certeza de terra à vista? Renunciarão às coisas cotidianas que durante tanto tempo tornaram a vida tolerável e nem levarão em conta os sentimentos dos velhos amigos, até de um velho amor? Em resumo, vão eles se comportar como se tivessem vinte anos menos e Canaã estivesse ali do outro lado da ponte?

Em geral não.

E se assim decidirem, você terá de amarrá-los ao mastro enquanto o barco parte porque o grito das sereias será terrível demais para seus ouvidos e eles poderão enlouquecer quando pensarem em tudo que perderam.

Essa é uma escolha.

A outra é aprender a jogar: fazer o que fizemos por nove noites. Isso logo cansa as mãos se não cansar o coração.

Duas escolhas.

A terceira é recusar a paixão como alguém que sensatamente recusa manter um leopardo em casa, por mais domesticado que inicialmente ele possa parecer. Pode-se argumentar que é fácil alimentar um leopardo e que seu jardim é bastante grande, mas você saberá pelo menos em seus sonhos que um leopardo nunca se contenta com o que lhe é dado. Depois de nove noites deve vir uma décima e cada desesperado encontro só faz deixá-lo mais desesperado por um outro. Nunca há comida bastante, nunca há jardim bastante para seu amor.

Então você recusa e logo descobre que sua casa é assombrada pelo fantasma de um leopardo.

Quando a paixão chega tarde na vida é difícil agüentar.

Mais uma noite. Que tentação. Que inocência. Posso dormir aqui essa noite, não é? Que diferença faria, uma noite a mais? Não. Se eu sinto o cheiro de sua pele, se encontro as curvas mudas de sua nudez, ela esticará o braço e arrancará meu coração como se tira do ninho o ovo do pássaro. Não tive tempo de fazer uma casca para esconder dela o meu coração. Se eu cedo à paixão, minha vida real, a mais sólida, a mais conhecida, desaparecerá e novamente vou me alimentar de sombras como aqueles tristes espíritos dos quais Orfeu fugiu.

Dei boa-noite a ela, apenas tocando sua mão e grata pela escuridão que escondia seus olhos. Não dormi naquela noite, vaguei pelas vielas sem iluminação, confortando-me com o frescor dos muros e com a batida regular da água. De manhã tranquei minha casa para nunca mais voltar.

E quanto a Henri?

Como contei, nos primeiros meses, pensei que ele era o mesmo. Pediu material para escrever e parecia decidido a recriar seus anos desde que saíra de casa e o tempo em que viveu comigo. Ele me ama, eu sei, e eu o amo, mas de uma maneira fraternalmente incestuosa. Henri toca meu coração, mas este não chega a enviar ondas de frêmito para todo o meu corpo. Ele jamais conseguiria roubá-lo. Pergunto-me se as coisas seriam diferentes para ele se eu pudesse corresponder a sua paixão. Ninguém jamais correspondeu e seu coração é grande demais para seu peito magro. Alguém deveria tomar aquele coração e lhe dar paz. Henri costumava dizer que amara Bonaparte e acredito nele. Bonaparte, maior que a vida, arrastando-o para Paris, espalmando sua mão no Canal e fazendo Henri e aqueles simples soldados sentirem que a Inglaterra lhes pertencia.

Já ouvi dizer que quando um patinho abre os olhos ele se apega ao que vê primeiro, pato ou não. Foi assim com Henri, ele abriu os olhos e havia Bonaparte.

É por isso que o odeia tanto. Bonaparte o decepcionou. A paixão não aceita bem a decepção.

O que há de mais humilhante que descobrir que o objeto de seu amor não é merecedor do que recebe?

Henri é um homem gentil e me pergunto se foi a morte daquele cozinheiro gordo o que afetou sua cabeça. Ele me disse, quando voltávamos de Moscou para casa, que estivera no exército por oito anos sem jamais ferir outro homem. Oito anos de guerra e o pior que fizera foi matar mais galinhas do que conseguiria contar.

Mas ele não era um covarde, arriscou sua vida inúmeras vezes arrastando companheiros dos campos de batalha. Patrick me contou.

Henri.

Não o visito mais, mas aceno de meu barco para ele todo dia mais ou menos nesse horário.

Quando ele disse que estava ouvindo vozes — de sua mãe, do cozinheiro, de Patrick —, tentei fazê-lo compreender que não existem vozes, somente aquelas que nós mesmos inventamos. Sei que os mortos gritam algumas vezes, mas sei também que os mortos são carentes de atenção e implorei-lhe que os trancasse do lado de fora e se concentrasse em si mesmo. Em um hospício, você tem que se agarrar a sua mente.

Ele parou de falar delas, mas ouvi dos guardas que acordava gritando noite após noite, suas próprias mãos apertando a garganta, algumas vezes quase engasgando por auto-estrangulamento. Isso perturbava seus companheiros e conseguiram mudá-lo para um quarto onde ficasse sozinho. Ficou muito mais calmo a partir daí, usando seus materiais para escrever e a lâmpada que levei. Naquela época eu ainda estava lutando por sua libertação e tinha certeza de que viria a consegui-la. Estava travando conhecimento com os guardas e tinha a idéia de que poderia suborná-los com dinheiro ou com sexo. Meu cabelo ruivo é uma grande atração. Eu ainda dormia com ele naquele tempo. Ele tinha um corpo magro de menino que cobria o meu com a leveza de um lençol e, porque eu o ensinara a me amar, ele me amava bem. Não tinha noção do que os homens fazem, não tinha noção do que seu próprio corpo fazia, até eu lhe mostrar. Henri me dava prazer, mas quando olhava seu rosto eu sabia que aquilo significava muito mais para ele. Se isso me perturbava tratei de pôr de lado. Aprendi a aproveitar o prazer sem ficar sempre questionando a fonte.

Duas coisas aconteceram.

Eu lhe contei que estava grávida.

Eu lhe contei que ele seria solto dentro de um mês mais ou menos.

— Então vamos poder nos casar.

— Não.

Peguei suas mãos e tentei lhe explicar que eu não me casaria de novo e que ele não poderia viver em Veneza e eu não viveria na França.

— E a criança? Como terei notícias da criança?

— Eu levarei a criança para você ver quando for seguro e você virá aqui de novo quando for seguro. Farei com que Piero seja envenenado, não sei, descobriremos um jeito. Você tem que ir para casa.

Henri ficou em silêncio e quando fizemos amor suas mãos seguraram minha garganta e lentamente ele pôs a língua para fora como um verme cor-de-rosa.

— Sou o seu marido — disse ele.

— Pare com isso, Henri.

— Sou o seu marido — e veio se debruçando sobre mim, os olhos redondos e vidrados e a língua tão rosada.

Empurrei-o e ele se encolheu em um canto e começou a chorar.

Não me deixou confortá-lo e nunca mais fizemos amor.

Não foi minha culpa.

Chegou o dia de sua fuga. Fui apanhá-lo, subindo os degraus de dois em dois, abrindo sua porta com minha própria chave como sempre fiz.

— Henri, você é um homem livre, venha.

Ele ficou me olhando.

— Patrick estava aqui agorinha mesmo. Você o perdeu.

— Henri, venha — levantei-o e balancei seus ombros. — Estamos indo embora, olhe pela janela, aquele é nosso barco. É um barco de procissão, consegui de novo com aquele bispo bajulador.

— É muito alto — ele disse.

— Você não tem que pular.

— Não?

Seus olhos estavam perturbados.

— Temos tempo para descer as escadas? Ele não vai nos pegar?

— Não tem ninguém para nos pegar. Subornei todo mundo, estamos indo embora e você nunca mais verá este lugar.

— Esta é minha casa, não posso ir embora. O que mamãe vai dizer?

Tirei minhas mãos de seus ombros e segurei seu queixo.

— Henri. Estamos indo embora. Venha comigo.

Ele não vinha.

Não naquela hora, nem na seguinte, nem no dia seguinte e quando o barco partiu eu parti sozinha. Ele não chegou até a janela.

— Vá vê-lo de novo — disse minha mãe. — Ele estará diferente da próxima vez.

Voltei para vê-lo, ou melhor, fui a San Servelo. Um guarda gentil da ala respeitável tomou chá comigo e me disse da melhor maneira possível que Henri não queria me ver mais. Havia expressamente se recusado a me ver.

— O que aconteceu com ele?

O guarda deu de ombros, um jeito veneziano de dizer tudo e nada.

Voltei uma dúzia de vezes sempre para ouvir que ele não queria me ver, sempre tomando chá com o guarda gentil que queria ser meu amante e não é.

Muito tempo depois, quando eu estava remando e me deixei arrastar para seu rochedo solitário, pude vê-lo debruçado na janela e acenei e ele me acenou de volta e pensei que talvez ele aceitasse me ver. Mas não. Nem eu nem o bebê, que é uma menina com uma massa de cabelo como o sol da manhã e pés como os dele.

Agora remo todos os dias e ele acena para mim, mas pelas minhas cartas que voltam sei que o perdi.

Talvez ele tenha se perdido.

De minha parte, continuo a gozar o calor da igreja no inverno e os muros quentes no verão e minha filha é esperta e já adora ver o dado rolar e dar as cartas. Não posso poupá-la da Dama de espadas nem de qualquer outra coisa, ela desenhará seu destino quando chegar a hora e apostará seu coração. Como poderia ser diferente com um cabelo tão extravagante? Estou morando sozinha. Prefiro assim, embora não fique só todas as noites e cada vez mais vá ao Cassino, para ver velhos amigos e olhar a moldura na parede com duas mãos brancas.

A coisa valiosa, fabulosa.

Não costumo mais me travestir. Nada de uniformes emprestados. Somente de vez em quando sinto o toque daquela outra vida, aquela vida nas sombras onde prefiro não viver.

Esta é uma cidade de disfarces. O que você é um dia não irá constrangê-lo no dia seguinte. Você pode se auto-explorar com toda a liberdade e, se tiver inteligência e dinheiro, ninguém vai se pôr em seu caminho. Esta cidade foi construída sobre a inteligência e a riqueza e apreciamos as duas, embora elas não tenham que vir sempre juntas.

Levo meu barco para a laguna e ouço os gritos das gaivotas e me pergunto onde estarei em, digamos, oito anos. Na suave escuridão que oculta o futuro dos supercuriosos, contento-me com isso: que onde estarei não será onde estou. As cidades do interior são vastas, não podem ser encontradas nos mapas.

E a coisa valiosa, fabulosa?

Agora que a tenho de volta? Agora que me foi concedida a comutação da pena como só nas histórias acontece?

Vou apostá-la novamente?

Sim.

Après moi, le deluge.

Não exatamente. Uns tantos se afogaram mas outros tantos já se afogaram antes.

Ele se superestimou.

Estranho que um homem venha a crer em mitos que ele mesmo criou.

Neste rochedo, os acontecimentos na França mal me dizem respeito. Que diferença poderia isso fazer para mim, seguro em casa com minha mãe e meus amigos?

Fiquei satisfeito quando o mandaram para Elba. Uma morte rápida imediatamente faria dele um herói. Muito melhor que as matérias de jornal revelem seu crescente ganho de peso e mau humor. Foram espertos, aqueles russos e ingleses, não se importaram de machucá-lo, simplesmente o diminuíram.

Agora que morreu, ele está se tornando novamente um herói e ninguém liga muito porque ele não pode mais se aproveitar disso.

Estou cansado de ouvir contar a história de sua vida. Ele entra aqui, pequeno como é esse lugar, sem se anunciar, e toma conta do meu quarto. A única situação em que fico feliz de vê-lo é quando o cozinheiro está aqui, o cozinheiro morre de medo dele e logo vai embora.

Todos deixam seus cheiros: o de Bonaparte é de galinha.

Continuo recebendo cartas de Villanelle. Devolvo-as sem abrir e nunca respondo. Não que não pense nela, não porque não a procure de minha janela todos os dias. Tenho que mandá-la embora porque ela me fere demais.

Houve uma época, alguns anos atrás eu acho, quando Villanelle quis me fazer sair desse lugar, embora não com ela. Pedia-me que eu ficasse sozinho de novo, justo agora em que me sinto seguro. Nunca mais quero ficar sozinho e não quero ver mais nada do mundo.

As cidades do interior são vastas e não podem ser encontradas nos mapas.

O dia em que ela veio foi o dia em que Dominó morreu e não o tenho visto. Ele não vem aqui.

Acordei naquela manhã e contei as minhas posses como sempre faço: a Madona, meus cadernos, esta história, minha lâmpada e meus pavios de vela, meus lápis e meu talismã.

Meu talismã derreteu. Só ficou a corrente de ouro, fina na poça d'água, brilhando.

Peguei-a e enrolei-a em meus dedos, passei-a de um dedo a outro e observei como deslizava igual a uma cobra. Soube então que ele havia morrido, mas não sei como nem onde. Pus a corrente em meu pescoço, certo de que ela notaria quando viesse mas ela não notou. Seus olhos estavam brilhantes e suas mãos inchadas de correr. Eu já correra com ela antes, vim como um exilado para sua casa e fiquei por seu amor. Os bobos ficam por amor. Eu sou um bobo. Fiquei no exército oito anos porque amava alguém. É de se pensar que fosse bastante. Fiquei também porque não tinha outro lugar para ir.

Fico aqui por escolha.

Isso significa muito para mim.

Ela parecia acreditar que poderíamos pegar o barco sem ser apanhados. Será que ela estava louca? Eu teria que matar de novo. Não poderia fazer isso, nem mesmo por ela.

Ela me disse que ia ter um bebê mas não queria se casar comigo.

Como pode ser isso?

Eu quero me casar com ela e não terei seu filho.

É mais fácil não vê-la. Nem sempre aceno para ela, tenho um espelho e ponho-me um pouco para o lado da janela quando ela passa e se estiver fazendo sol pego o reflexo de seu cabelo. Ele acende a palha no chão e penso que o presépio sagrado deve ter ficado assim: glorioso e humilde e inverossímil.

Há uma criança com ela no barco algumas vezes, deve ser nossa filha. Gostaria de saber como são seus pés.

À exceção de meus velhos amigos, não falo com as pessoas aqui. Não porque sejam loucas e eu não mas porque elas perdem a concentração muito rapidamente. É difícil mantê-las no mesmo assunto e, quando consigo, em geral não é um assunto de meu interesse.

Pelo que me interesso?

Paixão. Obsessão.

Conheci as duas e sei que a linha divisória é tão fina e cruel quanto uma faca veneziana.

Quando saímos de Moscou andando pelo inverno zero acreditei estar andando para um lugar melhor. Acreditei estar agindo e deixando para trás as coisas sórdidas e tristes que por tanto tempo me oprimiram. Livre-arbítrio, meu amigo padre disse, nos pertence a todos. A vontade de mudar. Não levo muito em consideração profecias ou cristais. Não sou como Villanelle, não vejo mundos na palma da mão nem um futuro numa bola de vidro coberta por um pano. E no entanto, o que fazer de uma cigana que me pegou na Áustria e fez um sinal-da-cruz em minha testa dizendo:

— Tristeza no que você fizer e um lugar isolado.

Houve tristeza no que fiz e se não fosse por minha mãe e meus amigos aqui, este seria o lugar mais desolado do mundo.

Na minha janela as gaivotas gritam. Eu tinha inveja da liberdade delas, delas e dos campos que se alongavam medindo a distância, a distância pela distância. Todas as coisas naturais confortáveis em seus lugares. Eu achava que um uniforme de soldado poderia me libertar porque os soldados são bem-vindos e respeitados e eles sabem o que vai acontecer de um dia para o outro e a incerteza não os atormenta. Pensava estar servindo ao mundo, libertando-o, libertando-me no processo. Os anos se passaram, viajei distâncias nas quais os camponeses nem pensam e achei o ar mais ou menos o mesmo em cada país.

Um campo de batalha é muito igual a outro.

Tem muita conversa sobre liberdade. É como o Santo Graal, crescemos ouvindo falar, existe, temos certeza, e cada um tem uma idéia de onde encontrar.

Meu amigo padre, com toda sua experiência, encontrou sua liberdade em Deus, e Patrick encontrou-a numa mente atrapalhada onde duendes lhe faziam companhia. Dominó dizia que estava no presente, naquele momento em que você podia se sentir livre, rara e inesperadamente.

Bonaparte nos ensinou que a liberdade restava em nossos braços guerreiros, mas nas lendas do Santo Graal ninguém o conquistava pela força. Foi Percival, o gentil cavalheiro, que chegou a uma capela arruinada e encontrou o que havia passado despercebido aos outros, simplesmente por saber se sentar quieto. Penso agora que ser livre não é ser poderoso ou rico ou bem visto ou sem obrigações mas ser capaz de amar. Amar alguém a ponto de se esquecer de si mesmo por um momento que seja é ser livre. Os místicos e religiosos falam de renunciar ao corpo e seus desejos, não ser mais um escravo da carne. Não dizem que através da carne nos fazemos livres. Que nosso desejo por outro nos eleva de nós mesmos de maneira mais limpa do que qualquer coisa divina.

Somos uma gente tépida e nosso desejo de liberdade é nosso desejo de amor. Se tivéssemos coragem de amar não daríamos tanto valor a esses atos de guerra.

Na minha janela as gaivotas gritam. Deveria alimentá-las, guardo meu pão do café-da-manhã para ter alguma coisa para dar a elas.

O amor, dizem, escraviza e a paixão é um demônio e muitos se perderam por amor. Sei que isso é verdade, mas sei também que sem amor tateamos os túneis de nossas vidas sem nunca ver o sol. Quando me apaixonei, foi como se olhasse no espelho pela primeira vez e me visse. Maravilhado, levantei a mão e senti minhas bochechas, meu pescoço. Aquele era eu. E quando eu me olhei bastante e me acostumei a quem era, não tive medo de odiar partes de mim porque eu queria merecer a figura do espelho.

Depois de eu me olhar pela primeira vez, olhei o mundo e vi que ele era mais belo e diverso do que eu pensara. Como a maioria das pessoas eu gostava das noites quentes e do cheiro de comida e dos pássaros que trespassam o céu, mas eu não era um místico nem um homem de Deus e não sentia o êxtase de que tanto falam. Eu desejava esse sentimento embora não fosse capaz de expressar isso. Palavras como paixão e êxtase, nós as aprendemos mas elas permanecem como sinais nas páginas. Algumas vezes tentamos e as viramos, descobrimos o que há do outro lado, e todo mundo tem uma história para contar de uma mulher ou um bordel ou uma noite de ópio ou uma guerra. Temos medo. Temos medo da paixão e rimos do grande amor e daqueles que amam demais.

E ainda assim desejamos o sentimento.

Comecei a trabalhar no jardim daqui. Ninguém o tocou por anos a fio, embora tenham me contado que uma época teve lindas rosas com tal odor que se podia sentir seu cheiro desde São Marcos quando o vento estava a favor. Agora é um emaranhado de espinhos. Agora os pássaros não fazem mais ninhos ali. É um lugar inóspito e o sal torna difícil a escolha do que plantar.

Sonho com dentes-de-leão.

Sonho com um campo vasto onde as flores crescem onde bem entendem. Hoje cavei o solo em volta do jardim de pedras, depois cobri com terra de novo, nivelando o terreno. Por que um jardim de pedras em um rochedo? Já temos bastante pedra.

Vou escrever a Villanelle e pedir algumas sementes.

Estranho pensar que se Bonaparte não tivesse se divorciado de Josefina, o gerânio talvez nunca houvesse chegado à França. Ela teria ficado ocupada demais com ele para desenvolver seu incontestável talento para a botânica. Dizem que ela já nos trouxe mais de uma centena de espécies de plantas e que se você lhe pedir ela envia sementes de graça.

Vou escrever a Josefina e pedir umas sementes.

Minha mãe secava papoulas no nosso telhado e no Natal montava cenas da Bíblia com os botões das flores. Estou fazendo esse jardim em parte por ela: ela diz que aqui é estéril demais sem nada além do mar.

Plantarei um gramado para Patrick e quero um marco de pedra para Dominó, nada que os outros possam achar, apenas uma pedra em um lugar quente depois daquele frio todo.

E para mim?

Para mim plantarei um cipreste que me sobreviva. É disso que sinto falta com relação ao campo, o sentido do futuro tanto quanto do presente. Que um dia o que você plantar brotará inesperadamente: um botão, uma árvore, no exato momento em que você estiver olhando para o outro lado, pensando em outra coisa. Gosto de pensar que a vida sobreviverá a mim, esta é uma felicidade que Bonaparte jamais compreendeu.

Há um pássaro aqui, um pequeno passarinho sem mãe. Estou tomando o lugar dela e o passarinho senta-se no meu pescoço, atrás de minha orelha, para ficar aquecido. Alimento-o com leite e minhocas que cavo de joelhos com minhas mãos, e ontem ele voou pela primeira vez. Voou do solo onde eu estava plantando até um espinho. Cantou e estendi o dedo para trazê-lo para casa. De noite ele dorme no meu quarto em uma caixa de colarinho. Não vou lhe dar um nome. Não sou Adão.

Este lugar não é estéril. Villanelle, cujo talento é saber olhar para tudo pelo menos duas vezes, me ensinou a encontrar a alegria nos lugares mais improváveis e ainda me surpreender com o óbvio. Tinha um jeito de levantar seu ânimo apenas dizendo "olhe isso", e era sempre um tesouro comum trazido à vida. Ela encanta até as megeras.

Assim eu saio do meu quarto todas as manhãs e faço a viagem até o jardim bem devagar, sentindo os muros em minha mão, buscando a sensação que a superfície provoca, a textura. Respiro cuidadosamente, sentindo o cheiro da atmosfera, e quando o sol está alto viro meu rosto para ele e deixo que me ilumine.

Dancei na chuva sem roupas uma noite dessas. Nunca tinha feito isso antes, nem sentido as gotas geladas como flechas e a mudança que acontece na pele. Já havia ficado encharcado no exército vezes sem conta mas não por escolha.

Na chuva por opção é uma coisa diferente, mas os guardas não foram dessa opinião. Ameaçaram levar meu pássaro.

No jardim, embora eu tenha uma pá e um ancinho, sempre cavo com as mãos se não está fazendo muito frio. Gosto de sentir a terra, apertá-la dura e firme ou esfarelá-la entre os dedos.

Há tempo aqui para amar devagar.

O homem que anda sobre a água me pediu para incluir um laguinho em meu jardim para que ele possa se exercitar.

Ele é inglês. O que se pode esperar?

Há um guarda que gosta de mim. Não pergunto por quê, aprendi a aceitar o que vem sem questionar a fonte. Quando me vê de quatro cavucando a terra de um jeito que parece aleatório que é bastante científico, ele se aborrece e se apressa para pegar a pá e se oferece para me ajudar. Particularmente, ele quer que eu use a pá.

Não compreende que eu quero a liberdade de fazer meus próprios erros.

— Você nunca vai sair, Henri, não se eles acharem que você é louco.

Por que eu ia querer sair? Eles estão tão preocupados em sair que acabam perdendo o que tem aqui. Quando os guardas diurnos saem em seus barcos não fico olhando. Eu me pergunto para onde vão e como são suas vidas, mas não trocaria de lugar com eles. Seus rostos são cinza e infelizes até nos dias mais ensolarados quando o vento chicoteia a pedra por puro deleite.

Para onde eu iria? Tenho um quarto, um jardim, companhia e tempo para mim mesmo. Não é isso que todo mundo quer?

E amor?

Eu ainda estou apaixonado por ela. Não há dia em que não pense nela, e quando os arbustos ficam vermelhos no inverno estendo meu braço e imagino seu cabelo.

Estou apaixonado por ela: não por uma fantasia ou um mito ou uma criatura da minha invenção.

Ela. Uma pessoa que não sou eu. Inventei Bonaparte tanto quanto ele se inventou.

Minha paixão por ela, muito embora não pudesse ser retribuída, mostrou-me a diferença entre inventar um amor e se apaixonar.

O primeiro é sobre você, o segundo é sobre outra pessoa.

Recebi uma carta de Josefina. Ela se lembra de mim e quer me visitar aqui, embora eu ache que seja impossível. Ela não se surpreendeu com o endereço e pôs no envelope sementes de várias espécies, algumas para crescer debaixo de um vidro. Recebi instruções e em alguns casos ilustrações, embora o que eu vá fazer com um baobá eu não saiba. Aparentemente, ele cresce de cabeça para baixo.

Talvez aqui seja o melhor lugar para ele.

Dizem que, quando Josefina esteve na abjeta prisão de Carmes esperando a morte pelas mãos do Terror, ela e outras senhoras de caráter forte cultivaram ervas e líquen que se espalharam na pedra e conseguiram fazer para si se não um jardim, pelo menos um lugar verde que as confortava. Pode ser verdade ou não.

Não importa.

Ouvir essa história me conforta.

Do outro lado da água naquela cidade de loucos eles estão se preparando para o Natal e o Ano-novo. Não se preocupam muito com o Natal para além do Menino Jesus, mas eles têm uma procissão no Ano-novo e é fácil ver os barcos decorados da minha janela. Suas luzes sobem e descem e a água embaixo deles brilha como óleo. Fico acordado a noite inteira, ouvindo os mortos resmungar em volta da pedra e olhando as estrelas cortando o céu.

À meia-noite tocam os sinos de cada uma de suas igrejas e eles têm cento e sete delas pelo menos. Já tentei contar, mas é uma cidade viva e ninguém sabe de verdade quais edifícios que tem lá de um dia para o outro.

Você não acredita em mim?

Vá e veja você mesmo.

Temos missa aqui em San Servelo e é um negócio medonho com a maioria dos detentos em correntes e o resto matraqueando e se coçando tanto que os poucos que querem ouvir o padre não escutam nada. Não vou mais, não é um lugar que eu possa aproveitar. Prefiro ficar em meu quarto e olhar pela janela. No ano passado, Villanelle veio em seu barco, chegou o mais perto que pôde, e soltou fogos. Um deles explodiu tão alto que quase o toquei e por um segundo pensei que eu poderia ser derrubado por aqueles raios cadentes e tocá-la também, uma vez mais. Uma vez mais, que diferença faria estar perto dela? Somente isso. Que se eu começar a chorar nunca mais vou parar.

Reli meu caderno hoje e encontrei:

> Digo que estou apaixonado por ela, o que isso significa?
>
> Significa que revejo meu futuro e meu passado à luz deste sentimento. É como se eu houvesse escrito numa língua estrangeira que de repente sou capaz de ler. Sem palavras ela me explica a mim mesmo: como o gênio, é ignorante do que faz.

Continuo escrevendo a fim de ter sempre algo para ler.

Cai uma geada esta noite que fará brilhar o terreno e petrificará as estrelas. De manhã quando eu for ao jardim vou encontrá-lo coberto de teias de gelo e gelo partido onde hoje reguei demais. Somente o jardim congela assim, o resto é muito salgado.

Consigo ver as luzes dos barcos e Patrick, que está aqui comigo, pode ver até São Marcos. Seu olho ainda é maravilhoso, especialmente agora porque para ele não há mais paredes a atrapalhar. Ele descreve para mim os meninos do altar de vermelho e o bispo em seu roxo e dourado e no telhado a eterna batalha entre o bem e o mal. O telhado pintado que eu adoro.

Faz mais de vinte anos da minha ida à igreja em Boulogne.

Lá fora agora, na laguna, os barcos com suas proas enfeitadas e luzes triunfantes. Uma fita brilhante, um talismã para o Ano-novo.

Terei rosas vermelhas ano que vem. Uma floresta de rosas vermelhas.

Neste rochedo? Com este clima?

Estou contando histórias para você. Acredite em mim.

Este livro foi composto na tipologia Goudy Old Style BT, em corpo 11,5/15,5, e impresso em papel off-white 90g/m² no Sistema Cameron da Divisão Gráfica da Distribuidora Record.